El Nido

*Las Aventuras de los
Dragones de Durn*

Kristian Alva

El Nido

Las Aventuras de los Dragones de Durn

Dedicado a mis hijos,

los dragoncitos más dulces de todos.

Otros Libros de Kristian Alva

Dragones de Durn
Libro 1: Dragones de Durn
Libro 2: El Retorno de los Jinetes de Dragón
Libro 3: El Emperador Inmortal

Las Crónicas de Tallin
Libro 4: La Maldición Balborita
Libro 5: La Ascensión de los Maestros de la Sangre
Libro 6: La Redención de Kathir

Los Magos Rebeldes
(Próximamente)
Libro 7: Enemigos en las Sombras
Libro 8: La Destrucción de Miklagard
Libro 9: La Traición

Las Aventuras de los Dragones de Durn
Libro 1: El Nido
Libro 2: La Bruja de las Cavernas (próximamente)

Mapa de Durn

El Mar Fecundo

Brighthollow
(inexplorado, Elfos)

Estepa
Baldía

Sut Burr

Colinas de Northhurst

Miklagard

Bosque de
Everwood

Pantano de Stonehill

El Lago
Esterford

Río Lopt

Paso Del Muerto

Llanuras de
Frautt

Monte Meldeofol

Highmill

Syrd

Pinemount

Lago Wren

Montañas Highport

Bosque Muerto

Frontera Sleita

Torre de Aonach

Monte
Velik

Punta Negra

Ironport

Las Arenas
de la Muerte

Fairfort

Morholt

Hrlinda

Lysa

Ravenwood

Los Nómadas

Dyrr

Parthos

Mallowgate

Rignus

Fallwick

Balbor

Crofthaven

Persil

Jutland

El Sauce
Venerable

Faerroe

Hwil
Rock

Isla
Redmoor

Gardarshlom

Bosque de
Darkmouth

Mar Negro

Starryford

Mar de Lofa

Aviso de Copyright

Jinetes y Dragones

- **Atejul**, m. dragón esmeralda vinculado con Xiilthara
- **Brínsop**, h. dragona carneliana vinculada con Sela Matú
- **Duskeye**, m. dragón zafiro vinculado con Tallin Arai
- **Nydeired**, m. dragón diamantino vinculado con Elías Dórgumir (descendiente de Starclaw)
- **Orshek**, m. dragón ónice vinculado con Galti Thallán
- **Karela**, h. dragona ónice vinculada con Holf Thallán
- **Starclaw**, h. dragona esmeralda vinculada con Chua Hakmorr
- **Blacktooth**, m. dragón ónice vinculado con Fëanor el elfo
- **Poth**, m. dragón ónice vinculado con Carnesîr el elfo
- **Nagendra**, h. dragona carneliana vinculada con Amandila la elfa
- **Charlight**, h. (fallecida),vinculada con Hanko

Dragones Silvestres

- **Shesha**, h. dragona carneliana

Nota del Autor

¡Hola Fanáticos Dragones!

¡Gracias por Adquirir *El Nido*!

Este es el primer libro de la serie Las Aventuras de los Dragones de Durn. *El Nido* es una novela autónoma que incluye algunos de mis personajes favoritos del universo de Durn.

Trabajé en este libro por más de un año, escribiendo una y otra vez hasta que sentí que estaba listo para publicarse. Espero que disfrutéis leyendo *El Nido* tanto como Yo disfruté escribiéndolo.

Mis mejores deseos

Kristian

Preludio: Antes de la Partida

El cielo del desierto se iluminaba de un amanecer color dorado. Sombras de diferentes formas se dibujaban sobre las Arenas de la Muerte. Sólo un puñado de arbustos rompía con aquel mar de interminables dunas. Era la primera semana de primavera y el clima era templado. El aire fresco traía consigo el suave perfume de las flores a la ciudad de Parthos, la más grande fortaleza en el desierto.

La llegada de la primavera revitalizaba a los ciudadanos de Parthos después de un duro invierno.

Enormes cactus crecían por todas partes, con sus largas espinas sobresaliendo como espadas. Las flores de los cactus vestían las dunas del desierto de brillantes colores y pronto, sus frutos madurarían y enormes cestas llenas del espinoso manjar comenzarían a aparecer en el mercado.

Las sinuosas calles de Parthos, adornadas con adoquines, bullían con actividad. Cientos de Parthinianos acudían al mercado a hacer sus compras. Vendedores ofrecian todo tipo de productos con entusiasmo, vendiendo cualquier cosa que los ciudadanos pudieran desear.

Era un día ajetreado para los comerciantes, los puestos del mercado estaban completamente llenos de mercancías provenientes de todo el continente. Alimentos frescos y empalagosos postres se extendían sobre coloridos tapetes, también había cestas tejidas a mano llenas de pequeñas perlas, joyas y otras baratijas. Los puestos parecían no tener fin, serpenteando en ambos lados de la calle como dos serpientes gigantes. Un comerciante vendía rollos de seda fina; otro enormes ruedas de queso. Un comerciante incluso vendía halcones adiestrados, hermosas aves con plumaje impresionante.

Como tantas otras cosas, la práctica de la cetrería había desaparecido durante el régimen opresivo del emperador Vósper. En aquel entonces, la gente apenas podía alimentarse a sí mismos, por lo que mantener una mascota tan exótica era poco práctico. Ahora que Vósper estaba muerto, la prosperidad estaba en aumento, y la gente se volvió más dispuesta a gastar en lujos. Cetrería y otros tipos de cacería volvían a hacerse populares una vez más.

De pie en la torre del castillo, Sela Matú, la líder de los jinetes de dragón, observaba detenidamente los ajetreados puestos en el mercado. Una niña, acompañada de su padre, se detuvo en el puesto del cetrero para mirar las aves. La pequeña apuntó con emoción a un halcón con las plumas negras y cola blanca.

El dueño del puesto colocó su mano enguantada por debajo de la perca del ave y éste saltó sobre su antebrazo. A continuación, el cetrero se puso en cuclillas y dejó que la pequeña tocara el ala del ave. El halcón mantuvo la calma y se quedó estático. La niña estaba encantada.

Sela chasqueó la lengua y asintió con aprobación; el ave estaba bien entrenada. Los dos hombres comenzaron a negociar sobre el precio. Después de unos minutos de negociación, se dieron la mano, y el ave fue llevada a la parte trasera del puesto para ser entregada posteriormente.

Sela recordó un poco su infancia. Había disfrutado de la cetrería durante su niñez y el deporte todavía ocupaba un lugar especial en su corazón. Su padre había utilizado halcones entrenados para librar a su granja de los ratones y otras plagas. Cuando era niña, había pasado horas y horas entrenando sus propios halcones para capturar animales pequeños, pero tuvo que renunciar a ello cuando se marchó a estudiar magia a la torre de Aonach.

Luego sus recuerdos se volvieron agridulce. Poco después, la guerra de los dragones comenzó, y sus padres fueron desterrados. Lo habían perdido todo, incluyendo su granja y todas sus posesiones. Unos años más tarde, sus padres habían muerto y la torre de Aonach fue destruida. La guerra se prolongó por muchos años. Los jinetes de dragón finalmente prevalecieron, pero a un precio terrible. Miles de hombres y mujeres habían muerto, y la raza de los dragones había sido casi completamente exterminada.

"Parece que fue hace una eternidad", susurró suavemente. El mundo había cambiado tanto en los últimos años, y ella también. Después de la muerte de Vósper, la guerra llegó a su fin, y su hijo Rali fue proclamado rey. Sela y Brínsop se establecieron permanentemente en Parthos, donde fue nombrada regente de la ciudad. Sela dejó a un lado los recuerdos melancólicos—no servía de nada vivir en el pasado.

"Es hora de irme", murmuró abandonando la azotea y penetrando en el castillo. Bajando por las escaleras, reverencias de unos guardias pasaron desapercibidas, se dirigió a la escalera de piedra que la conduciría a la ciudad y al bullicioso mercado. Ir de compras le darían algo que hacer y la distraerían de lo que realmente tenía en la mente.

Lo que tenía en la mente—de forma casi constante—era su dragona, Brínsop, que había partido hacia el desierto semanas atrás. Sela no había tenido noticias suyas desde entonces. Aún podía sentir en los límites de su consciencia el vínculo que las unía, pero percibía que no quería ser molestada.

Tras décadas de celibato, Brínsop finalmente se había apareado, escogiendo a Blacktooth como compañero. Sela sabía que buscaría una cueva adecuada en la que construir su nido y poner sus huevos. Después de eso, los empollaría y esperaría a que la naturaleza siguiera su curso. El proceso de la puesta duraría varios días, y la subsiguiente incubación podría tardar de unas semanas a varios meses, dependiendo del calor y de cuánto tiempo pasara la dragona cuidando los huevos. Durante ese periodo, estaría totalmente sola.

Sela no podía evitar sentirse ansiosa, pero no debía interferir; era mejor no contactar con la dragona. Sólo una vez eclosionaran los huevos, invitaría a su jinete a ver los polluelos. Hasta entonces, Sela tenía que reprimir su curiosidad y esperar. La ausencia de Brínsop le resultaba dura, pero al mismo tiempo la esperanza crecía en su interior. Por todas partes había signos de que la raza de los dragones se recuperaba. Varios dragones más se habían apareado en los últimos años, y los avistamientos se habían hecho frecuentes. Docenas de ejemplares jóvenes y saludables vivían ahora en el desierto.

Shesha, una dragona silvestre que habían descubierto en las inmediaciones del castillo hacía años, ya se había apareado dos veces, produciendo en ambas ocasiones grandes nidadas de saludables polluelos. Seguía siendo temerosa a los humanos y se negaba a vincularse a un jinete o a vivir cerca de las ciudades humanas, pero sus descendientes no compartían aquellos miedos. Atravesaban los vientos del desierto despreocupados, dejando que sus enormes alas los transportaran por los cielos.

Ahora nacían y crecían dragones de todos los colores, viviendo en armonía con los humanos por primera vez desde que se tenía memoria. Protegidos por decreto real, estaban a salvo de todo daño, y habían reanudado sus elaborados rituales de apareamiento e incubación. Las dragonas sólo aceptaban a un compañero tras un largo y complicado cortejo, que pocos humanos conocían. Los dragones machos normalmente evitaban hablar de sus conquistas por miedo a ofender a las hembras, y éstas eran aún más reservadas.

Gracias a todo aquello, el corazón de Sela rebosaba de optimismo. *Por fin, después de tanto tiempo, los dragones han vuelto y vuelan libremente por Durn. Su raza se recuperará, estoy segura.* Con ese pensamiento, descendió rápidamente el largo tramo de escalones que desembocaba en la ciudad, entrando en la fuertemente protegida calle que conducía al mercado. Tras saludar con la cabeza a los guardias, se mezcló con la multitud.

Trataba de pasar lo más desapercibida posible entre las personas que desfilaban por la calle, vestidas con coloridos sombreros, botas y túnicas. Los clientes se movían eficientemente entre los tenderetes, examinando las mercancías con mirada crítica. Mientras tanto, los mercaderes voceaban a sus potenciales clientes, y regateaban expertamente con cualquiera que se parase a ver sus productos. La mayoría de compradores eran mujeres de todas las edades, desde adolescentes hasta abuelas.

Sela se cubrió el rostro y los hombros con su chal, esperando no ser reconocida. Nadie la molestó hasta que estaba casi en las puertas de la ciudad, donde un vendedor fue lo bastante atrevido y le colocó una bufanda bajo la nariz.

"¡Milady! Si os place, os ruego me acompañéis". El hombre la agarró del brazo y la llevó hasta su pequeño puesto, donde señaló un montón de bufandas y gorras extendidas sobre una mesa de madera. Otras prendas colgaban de unas barras metálicas. "¿Estaríais interesada en unos atuendos de lana de primera calidad? Tengo todo tipo de hermosas bufandas, togas y otras delicadezas".

Sela tocó una de las bufandas; la lana tenía un tacto abrasivo contra su piel. "Estas bufandas son de mala calidad, la lana está mezclada con arpillera barata".

El mercader pareció sentirse profundamente insultado. "No, Milady, estáis equivocada. Esta es lana de oveja de primera calidad, ni más ni menos".

"No lo creo. No están hechas de pura lana, puedo sentirlo. Y estas", dijo mientras tocaba las gorras, "no contienen lana en absoluto. Esto son hojas de junco, tejidas y teñidas para parecer lana. Se desharán la primera vez que se mojen".

El hombre negó vigorosamente con la cabeza. "Señora, os aseguro que mis productos son los mejores de la ciudad. Todos ellos están tejidos a mano por artesanos del Oriente, y además..."

"Ya basta", le interrumpió Sela, alzando un dedo. "Os sugiero que cambiéis vuestra táctica de venta y retiréis estos letreros engañosos", dijo señalando a un cartel colocado sobre el puesto, que prometía:

"Ropa de Pura Lana, la Mejor del Desierto"

"¡No voy a quitar mi cartel!", dijo el mercader frunciendo el ceño y cruzando los brazos. "Llevo años vendiendo aquí y nunca he tenido ningún problema".

Sela lo miró severamente. "Mirad, no me gusta que me traten como una idiota. Esto no es lana, ni ningún material especial, así que retiraréis este cartel y *dejaréis* de mentir sobre vuestros productos, o de lo contrario informaré al supervisor del mercado".

El vendedor parecía atónito, como si no pudiera creer que alguien hubiera descubierto su engaño. "¿Por qué os ponéis así? Sólo trato de ganarme la vida, no estoy intentando hacerme rico".

"Aprecio vuestras dotes de persuasión, pero espero que entendáis que esto no es una amenaza en vano".

"¡Muy bien!", dijo él apretando los dientes. Tras arrancar el cartel con innecesaria vehemencia, se lo entregó a Sela. "¡Tomadlo! Ya os habéis salido con la vuestra".

"Gracias, ciudadano", dijo ella, arrugando el letrero y arrojándolo en un cubo de basura cercano. El vendedor la miró de reojo, y su expresión pasó de la furia a la sospecha. "De todos modos, ¿quién eres tú para decirme cómo llevar mi negocio? Quizá has sido enviada por un competidor para arruinar mi reputación".

"No tengo intención de desprestigiaros ni de castigaros, sólo quiero que seáis más honesto".

"¡No, estás tratando de arruinar mi negocio! ¡Dices que mis productos son baratos, pero tu ropa tampoco parece muy buena!" Alargando el brazo, tiró de la bufanda de Sela, dejando su cabeza al descubierto. El hombre dio un gemido, reconociendo las cicatrices de la regente al instante.

"¡Cielo santo!", gritó dejando caerse de rodillas. "¡Maestra Sela! Disculpadme, Milady. ¡Disculpadme!"

Sela observó a la patética figura suplicar agitadamente desde el suelo. "¡Levántate!", dijo con desdén, mirando al grupo de curiosos que se estaba formando. Colocándose de nuevo el chal sobre la cabeza, añadió: "En el futuro, sé honesto con tus clientes. Te retiraré tu licencia de vendedor si vuelvo a pillarte mintiendo, ¿entendido?" El mercader balbuceó otra débil disculpa, y Sela regresó al bullicioso mercado.

La jinete siguió caminando entre la multitud. A pesar del ya sofocante calor, compradores y ociosos salían a buscar gangas y observar la infinita gama de coloridas y exóticas mercancías. Avanzando como un torrente de melaza por las estrechas calles, la gente pasaba lentamente de un tenderete a otro, comprando carne, panes, ropa y todo tipo de utensilios cotidianos.

Sela reconoció a un anciano que vendía pasteles, y se acercó a él. "¿Cómo van los negocios esta mañana, Doffri?"

Los ojos del anciano estaban nublados por la cataratas, pero su mirada se iluminó al oír la voz de la jinete. "¡Vaya, vaya! ¡Si es la señorita Sela en persona!" Levantándose de su taburete, la abrazó cálidamente. "¡Qué alegría verte!"

Ella le dedicó una cálida sonrisa. "Yo también me alegro de verte. He añorado tus pasteles de semillas, son los mejores de Parthos". Tomando uno de los pasteles de una cesta de mimbre, preguntó: "¿Tienes algo de miel hoy?"

"No, querida, pero sí algo de mermelada de higo. Es fresca, de la semana pasada". El anciano sacó un frasco de cristal y una cuchara de su delantal y se los ofreció a Sela. Abriendo el recipiente, la jinete extendió un poco de la mermelada color morado sobre el pastel; estaba tierno y jugoso, con una textura perfecta y el intenso sabor de la fruta seca. "¡Delicioso! Sigues haciendo los mejores pasteles de la ciudad". El anciano sonrió ante la alabanza.

"¿Cómo has estado?", le preguntó Sela tomando otro bocado.

"Bueno, sólo regular… saliendo adelante como puedo. ¿Qué te trae hoy al mercado? Hace muchísimo que no te veía, jovencita".

Sela rió. Doffri insistía en llamarla "jovencita", pese a haber superado ampliamente la treintena. El propio anciano aseguraba tener más de noventa años, pero nadie sabía su verdadera edad. Parecía haber tenido "más de noventa" desde que Sela podía recordar. La amazona se comió las migas que le quedaban entre los dedos y tomó otro pastel.

"Sólo estoy tratando de alejar mi mente de todo, me temo que no he estado muy animada desde que Brínsop se fue. Llevamos mucho tiempo separadas, y aún no me he acostumbrado".

"Vaya, lo siento, pequeña. ¿Tu dragona se ha ido para siempre?"

Sela rió. "¡No, claro que no! No quería sonar tan seria. En realidad no ha pasado nada malo: ¡Brínsop está anidando!"

Doffri la miró con curiosidad. "¿Anidando?"

"Está construyendo un nido para sus polluelos, todas las dragonas preparan uno durante las últimas semanas de su embarazo. Buscan una cueva tranquila en el desierto dónde poder poner sus huevos con seguridad, sin distracciones. Ya hace mucho que se fue... o al menos a mí me lo parece".

El anciano pestañeó, comprendiendo de repente. "¡Ah, ahora entiendo! ¡Tu dragona está embarazada! Bueno, esas son grandes noticias, felicidades".

"Sí, claro que son grandes noticias. Pero todo está muy tranquilo ahora, y Brínsop tardará varios meses en volver, así que no tengo nada que me mantenga ocupada".

"¡Oh, por el amor de Baghra!", exclamó Doffri, dándole una paternal palmada. "Así que estás *aburrida*. ¡Qué razón más tonta para sentirse infeliz! ¡Si lo que quieres es estar ocupada, búscate una afición!"

Ella abrió la boca para responder, pero la interrumpieron unos gritos que llegaron del otro lado de la calle. "¡Halcones a la venta! ¡Aves de presa!

¡Totalmente adiestrados y listos para cazar!" Era el mismo halconero que había visto antes. Colocando unas monedas en la palma de Doffri, dijo: "Es verdad, ¡necesito una afición! Voy a trabajar en eso ahora mismo".

La regente se acercó al puesto del cetrero, que pertenecía a la Gente de la Montaña, originaria del Este. Era moreno, de cabello negro, y llevaba las manos enfundadas en gruesos guanteletes de cuero para protegerlos de las afiladas garras de las aves. Sela se retiró la bufanda, y los ojos del hombre se ensancharon al reconocerla. "Buen día, Milady".

Sela suavizó su expresión, esbozando una sonrisa. "Buen día también para ti, paisano". Quitándose los guantes, la jinete descubrió su anillo de sello, cuya gema naranja brilló como una estrella. El anillo tenía grabada la imagen de un dragón, símbolo de su cargo y autoridad. "Me gustaría comprar un halcón adiestrado".

El hombre hizo una reverencia. Su barba estaba pulcramente dividida en dos, y tenía unas anillas engarzadas que tintineaban cuando se movía. "Me sentiré honrado de mostrarle mis aves, Ilustrísima".

"Llámame Sela, por favor. Deja el tratamiento honorífico para mi hijo, el rey". Caminando frente al puesto, examinó cada ave cuidadosamente, y finalmente señaló a un halcón algo más grande que estaba en la parte trasera. Tenía plumas de color caramelo y blanco, y garras muy afiladas. "¿Cuánto cuesta ese?"

El mercader se colocó frente a la gran jaula dorada, extendiendo las manos en actitud de disculpa. "Lo siento, milady, no está a la venta. Es mi mejor ave, sólo lo uso para la cría. Permitid que lo lleve a la trastienda".

"Es precioso. ¿Cómo se llama?"

El cetrero se colocó el cabello tras una oreja nerviosamente. "Se llama Salteador. Es listo como un zorro, y tiene buen carácter. Nunca ha picado ni arañado a nadie".

Sela tocó suavemente el brazo del hombre. "¿Cuánto pides por él?"

"No, no, no puedo venderlo", insistió el mercader.

"¿Ni siquiera a un precio especial?"

El hombre negó con la cabeza. "No, milady, ni siquiera por eso. Os ruego que no os ofendáis, no quiero separarme de él, es el mejor que tengo".

"Te pagaré el triple de lo normal".

El halconero se mordió el labio. Era una oferta muy alta. "Eso es muy tentador, Milady, pero prefiero no hacerlo".

Ella sonrió e inclinó ligeramente la cabeza. "Me gusta tu honestidad y tu forma de hacer negocios. Tus animales están sanos, y tu puesto limpio y ordenado. Ese es el tipo de vendedor que quiero ver en esta ciudad, así que a ver qué te parece esto: para endulzar el trato, te ofreceré una licencia en la entrada del mercado, justo al lado de la puerta principal. No tendrás que pelearte por un buen sitio nunca más. Todo lo que tienes que hacer es recoger tu permiso en el puesto de guardia esta tarde, tras el cierre del mercado. ¿Qué me dices? ¿Tenemos un trato?"

El mercader la miró con incredulidad. Las licencias de venta cerca de la puerta eran extremadamente valiosas, los comerciantes pasaban años esperando acceder a un sitio tan privilegiado. "¿Cómo puedo rechazar una oferta así?", dijo con una sonrisa. "Con mis mejores deseos, Salteador es vuestro, Milady". El hombre extendió la mano, y Sela se la estrechó afectuosamente. "Fantástico, pasaré a recogerlo mañana".

Mientras la regente regresaba al castillo, pasó al lado de su anciano amigo. "Gracias por el consejo, Doffri, y por los pasteles".

"De nada, amiga. ¿Qué vas a hacer ahora?"

"¡Me he buscado una afición!", gritó ella mientras se alejaba.

Doffri esbozó una amplia sonrisa y le guiñó un ojo: "¡Esa es mi chica!"

En el Desierto

Sela recibió una sorpresa esa misma tarde, cuando Brínsop le mandó un alegre pero sereno mensaje. *"Mi queridísima amiga, tengo buenas nuevas que compartir contigo. Mis polluelos han emergido de sus cascarones, y estoy complacida".*

Sela reprimió las emociones que amenazaban con abrumarla, respondiendo con toda la tranquilidad que pudo. "¿Cuántos?", preguntó.

"Seis. Cinco hembras y un macho, todos sanos".

Sela se mordió el interior de la mejilla, resistiendo el impulso de gritar de felicidad. Brínsop continuó: *"Dos de ellos son ónice, y el resto carnelianos. Les di su primera comida esta tarde, están dormidos y contentos en el nido. No puedo dejarlos por más de unas horas, pero si deseas visitarme ciertamente eres bienvenida. ¿Te gustaría verlos?"*

"¡Eso sería maravilloso! ¡No puedo esperar!"

"Ven a mi cueva. Está junto al borde occidental del Altiplano Negro, el que tiene un cauce seco en la base. Hemos pasado a su lado muchas veces en nuestros viajes por el desierto".

"Sí, lo recuerdo. Estaré ahí pronto. Y Brínsop..."

"¿Sí?"

"Felicidades por tu nueva maternidad, amiga".

"Gracias", susurró Brínsop. *"He esperado esto mucho tiempo, y voy a saborear cada momento".*

La dragona se retiró de la consciencia de Sela, y la comunicación terminó. Aunque todo estaba en silencio de nuevo, Sela podía sentir su vínculo con más fuerza ahora. La piedra de dragón de su pecho vibraba intermitentemente como si estuviera viva, enviando ondas de emoción directamente a su mente; podía sentir la euforia de Brínsop como si fuera suya. La felicidad se extendió por todo su ser.

¡Seis dragones más!, pensó. Definitivamente, los tiempos volvían a sonreír a aquella noble especie. Sela deseaba ese viaje más que nada, pero una parte algo susceptible de su mente le recordó que tenía obligaciones que cumplir. No era correcto perderse en el desierto, pero a decir verdad su mente había estado alejada de sus deberes como regente. Así las cosas, decidió partir a la mañana siguiente.

A diferencia de otros magonatos, Sela nunca había creído en las visiones, pero aquella noche sus sueños fueron inquietantemente reales. En ellos, una sombría figura intentaba repetidamente robarle algo precioso para ella. Pese a lo mucho que intentaba atrapar al ladrón, se veía impotente para detenerlo. Durante todo el tiempo permanecía paralizada, como si su cuerpo estuviera atrapado en arenas movedizas.

Se despertó temprano a la mañana siguiente, con dolor de cabeza. No obstante, trató de no preocuparse por el sueño y se centró en prepararse para su viaje.

Tras lavarse y vestirse con una túnica limpia, fue apresuradamente a ver al capitán de la guarnición de palacio. Quería conocer a la nueva familia de Brínsop, pero no sin antes asegurarse de que la ciudad quedaba en buenas manos. Encontró al capitán Falkki patrullando por las almenas junto con varios guardias. En cuanto la vio aproximarse, el soldado se detuvo para saludarla. "Maestra Sela, ¿qué puedo hacer por vos?"

"Tengo una petición muy simple, capitán. Salgo para las Arenas de la Muerte hoy mismo, y no sé cuánto tiempo estaré fuera, así que os pongo a cargo de la ciudad durante mi ausencia".

El capitán la miró fijamente. "¿Está todo en orden, Maestra?"

Sela asintió, entregándole su anillo de sello. "Todo está bien, voy a reunirme con Brínsop en el desierto. Confío en que podréis encargaros de todo en mi lugar".

"Se lo haré saber al personal de palacio", respondió el capitán asintiendo a su vez.

"Si necesitáis hablar conmigo, usad un ave mensajera. Cualquiera de los magos de la corte podrá enviar uno".

"Sí, Maestra. ¿Alguna cosa más?"

"Sí, una. Ordenad a los establos que preparen un camello con provisiones. Lo necesito para dentro de una hora".

"Por supuesto, Milady, me encargaré de todo".

"¡Gracias! Sabía que podía contar con vos". Sela se dio la media vuelta y se fue.

Una hora después, la amazona recogió el camello en los establos y el halcón en el mercado. Palmeando el cuello de su montura, le dijo: "¿Listo para un largo camino, muchacho?" El animal emitió un suave gruñido, apretando su cabeza contra la mano de Sela.

Poniéndose en marcha, la regente lo guió hasta la salida de la ciudad. Una vez traspasadas las puertas, un interminable océano de arena se extendía ante ella. Los inicios de la primavera habían traído temperaturas más templadas al desierto, las cuales permitían viajar confortablemente por la mañana y el atardecer. Las noches eran muy frías, pero su capa bastaría para mantenerla cómoda.

Contemplando el horizonte dorado, Sela respiró el perfumado aire del desierto. La belleza e inmensidad de aquel paisaje nunca dejaban de asombrarla. *Pasar un tiempo fuera de Parthos me subirá los ánimos*, pensó. *No me vendrá nada mal.*

Desenrollando cuidadosamente un mapa que traía consigo, vio que había una gran zona de descanso a una semana de viaje hacia el Sur. Sería un buen lugar para hacer una parada.

Su nueva mascota, Salteador, reposaba sobre su hombro, acurrucándose contra ella como si siempre le hubiera pertenecido. Sela había empezado a practicar el lenguaje de las aves tan pronto como lo recogió del halconero, y la rapaz ya sabía comunicarse utilizando frases rudimentarias. Tenía las plumas erizadas por la expectación del viaje y la promesa de futuras cazas.

Los familiares sonidos del desierto rodeaban a Sela por todas partes: lagartos escurriéndose entre los arbustos, el canto de los pájaros, el zumbido de las moscas... Los días eran insoportablemente cálidos, y las noches gélidas. En los atardeceres, un frío viento le causaba escozor en los ojos. Pero pese a las temperaturas extremas, Sela seguía adelante, perdida en sus pensamientos. En el quinto día de viaje, el arenoso terreno se convirtió en una seca extensión de matorral. El mundo parecía cubierto de escuálidos arbustos.

Aquella tarde oscureció rápidamente, y la jinete hizo una parada para descansar. Sosteniendo su mapa, se puso a observar las inmediaciones, recorriendo el pergamino con el dedo. *Estoy muy cerca del campamento... otro día de viaje, quizás*. La luna ascendía por el cielo, revelando múltiples huellas de camellos y pastos consumidos recientemente. Los nómadas habían pasado por allí con sus rebaños hacía poco.

La jinete se agachó para palpar una huella, y por el rabillo del ojo vio un destello de color. Un trozo de tela color granate había sido atado a uno de los arbustos del camino. Acercándose a la planta, desató la tela y la sostuvo frente a su nariz; tenía un fuerte olor a incienso y especias. *Un marcador. Los nómadas quieren comunicarle a alguien que han pasado por aquí.*

Sela devolvió la tela a su sitio y continuó su camino en medio de la noche. Al amanecer había llegado a la zona de descanso. El pequeño campamento era un refugio en aquel árido mar, un parche de hierba rodeado de cactus y arbustos marrones. Había un acuífero subterráneo, y el suelo estaba algo oscurecido debido a la humedad. Sela desmontó y tomó un puñado de arena; su tacto era fresco y ligeramente húmedo. Gracias a aquella reserva de agua subterránea la hierba era abundante, y su camello empezó a pastar. Una hilera de frondosos árboles ofrecía una agradecida sombra.

La jinete se acercó al manantial. Alguien había construido un sencillo pozo de piedra alrededor, y un cucharón de madera colgaba sobre el agua. Sela dio de beber a Salteador y a su camello, y luego sació su propia sed.

Salteador voló hacia un árbol cercano y la jinete exploró el campamento, encontrando rastros de una hoguera reciente. Al extender las cenizas con el pie dejó al descubierto los huesos de un pequeño animal que había sido asado y comido el día anterior. Reprimiendo un bostezo, se sentó bajo uno de los árboles para descansar, y tras pestañear unas cuantas veces se quedó dormida.

Poco tiempo después, el sonido de unas voces distantes traídas por el viento la despertó. Levantándose de un salto, llamó a su halcón. "¡Salteador, ven a mí!" El obediente animal bajó del árbol y aterrizó suavemente en su brazo, dando enérgicos gorjidos. Sela le transmitió sus órdenes: "Oigo voces, alguien se acerca. Ve y cuéntame lo que ves".

31

El ave reemprendió el vuelo y Sela se quedó mirándola hasta que la perdió de vista. Poco después las voces se atenuaron, y pronto no se oía nada más que el viento. El tiempo pasaba, pero no veía llegar a nadie, y Salteador no regresaba. Dudando sobre lo que hacer, decidió sentarse y esperar.

Hacia el final del día, un grupo de nómadas de oscura tez apareció en el horizonte. Había unas dos docenas de adultos, seguidos por otros tantos niños. Camellos y cabras desfilaban tras ellos, parándose de vez en cuando a pastar. Todas las mujeres del grupo vestían un *carthin*, una ligera prenda de color amarillo que cubría todo el cuerpo, dejando sólo los ojos al descubierto.

Cuando estuvieron más cerca, los hombres agitaron las manos en señal de saludo, y cuando se acercaron lo bastante para ver la piedra de dragón colgando en el pecho de Sela, gritaron *"¡Sal-alima! ¡Sal-alima!"*, que significa *"jinete de dragón"*.

Sela fue hacia ellos para saludarlos, y se llevó una sorpresa al ver a Salteador posado en el antebrazo de uno de los nómadas. A diferencia de los otros, este era muy alto y tenía los ojos claros. Le parecía extrañamente familiar, pero no lograba situar su cara. *¿Dónde lo he visto antes?*, se preguntaba.

El misterioso hombre no dijo nada, pero dedicó a Sela una extraña sonrisa antes de susurrar algo al oído del animal. Salteador abandonó de inmediato el brazo del nómada, posándose en el hombro de Sela.

Hay algo extraño en ese hombre, pensó, pero no le dijo nada en ese momento. La estructura social de los nómadas impedía que hablara a solas con uno de los hombres, se habría considerado una ruptura del protocolo. Llevando los dedos a su piedra de dragón, saludó al grupo formalmente. "Hola, hermanos y hermanas. Soy Sela Matú, jinete de dragón de la ciudad de Parthos. Os ofrezco mis sinceras bendiciones a cada uno de vosotros. ¿Alguno habla la lengua común?"

Un joven ataviado con un taparrabos de cuero se adelantó. "Muchos de nosotros conocemos la lengua común, honorable", dijo llevándose dos dedos a la clavícula. "Mi nombre es Penag, hijo de Yupiua. Somos de la Tribu de Khanigalor, en el Sur. Te saludamos como Golka saluda al sol naciente, estimadísima hermana". Sabiendo que era una jinete de dragón, los nómadas la trataban con extrema deferencia.

"Hablas muy bien el idioma, Penag".

"Gracias", respondió el nómada inclinándose ligeramente. "Mi padre era mercader, y aprendí la lengua común durante sus viajes. He visitado Parthos muchas veces, e incluso una vez estuve en la capital, pero siempre regreso al desierto. Lo considero mi hogar".

"Yo siento lo mismo, no podría vivir en ninguna otra parte", replicó ella.

"¿Compartirás nuestra cena con nosotros?" preguntó Penag.

"Por supuesto", respondió Sela con una sonrisa. "Acepto humildemente".

"Gracias, estimada", dijo el joven haciendo una reverencia, tras lo cual señaló a los que tenía detrás. "Esta es mi familia y la familia de mi hermano. Viajamos hacia el Oasis del Sur para visitar a nuestro primo, Sa'dun. Nos complace encontrarte por el camino".

El joven sonrió y se hizo a un lado. Sela se vio rápidamente rodeada de mujeres nómadas, que parloteaban emocionadas a su alrededor. Varias de ellas le hablaban directamente, pero tenía dificultad para entenderlas. Pese a ello, respondía lo mejor que podía a sus preguntas con las torpes frases que podía pronunciar en su lengua.

Tras un breve descanso, los nómadas clavaron unas estacas en el suelo y empezaron a levantar sus tiendas, mientras las mujeres encendían hogueras para cocinar la comida que traían. Mientras observaba esta labor, Sela no pudo evitar fijarse en lo poco que tenían, tan sólo algunos pedazos de carne y cestas con nueces gyundi.

"¿Esa es toda la comida que tenéis?", preguntó. Las mujeres asintieron. "Dejadme ayudaros a encontrar algo más. Como mínimo, mi halcón podrá atrapar alguna presa pequeña".

Sela susurró una rápida orden al oído de Salteador, y éste alzó el vuelo de inmediato. La amazona había creído ver unas bayas silvestres a unos cien pasos del campamento, así que caminó hasta los matorrales y empezó a buscar algo que añadir a la cena. Estuvo buscando por la zona con cabeza agachada, hasta toparse con una gran roca al borde del camino. Y allí, esperándola justo detrás, estaba el extraño nómada de ojos claros.

Sela dio un respingo. "¡Ah! ¡Me asustaste!"

El hombre sonrió, y unos perfectos dientes blancos llenaron toda su boca. "Lo lamento, no era mi intención". Hablaba la lengua común sin ningún acento.

"No es nada", dijo Sela cautelosamente. "Es sólo que no esperaba encontrarme a nadie aquí".

"¿Qué te trae a las Arenas de la Muerte, Sela?", dijo él apartándose unos cabellos de la frente.

La jinete estrechó los párpados; un nómada nunca se dirigiría a ella tan informalmente. "¿Se puede saber quién eres?"

"¿Acaso debo revelarme?" El hombre rió, pero su mirada se hizo más fría. "Muy bien..."

Su rostro se transformó frente a los mismos ojos de Sela, que vio cómo sus facciones se disolvían. Su piel se volvió blanca como el marfil, y su nariz más pequeña y fina, mientras sus negros rizos se alargaban, convirtiéndose en bucles rubios.

Los ojos de Sela centellearon incrédulos. "¡Fëanor! ¿Qué haces aquí?" La jinete sintió una repentina oleada de magia, y empezó a sentir nauseas. Rápidamente susurró un hechizo de protección para bloquear cualquier encantamiento élfico.

Un risa burlona escapó de los labios de Fëanor. "No sabía que necesitara tu permiso para visitar el desierto. Además, yo podría preguntarte lo mismo. ¿Qué haces correteando por estos parajes tú sola?"

Sela se esforzó por mantener la compostura, no quería que el elfo supiera lo que estaba pasando con Brínsop. Encogiéndose de hombros, dijo: "Necesitaba relajarme un poco, así que decidí tomarme unas pequeñas vacaciones. El desierto es hermoso durante la primavera. ¿Pero qué haces tú aquí?", insistió. "¿Por qué querrías tú viajar con estos... humanos?"

Él imitó su gesto de indiferencia. "Nada en concreto, es una forma de pasar el tiempo, supongo. Los nómadas me aceptaron en su grupo sin vacilación... han resultado bastante entretenidos. Observar sus peripecias me hace reír, y sus supersticiones son fascinantes. Por cierto, este grupo posee varios talismanes poderosos, los he estudiado con interés. Es curioso lo comunes que son los objetos encantados entre los nómadas, cada familia parece poseer al menos uno o dos".

Sela asintió con aire ausente y miró hacia el campamento. Nadie parecía haber notado la ausencia de ninguno de los dos. Volviéndose hacia Fëanor, lo sorprendió observándola con gran interés.

"¿Qué le pasó a tu cara?", preguntó el elfo.

Ella se acarició instintivamente el rostro. "Ah, eso... Me quemé", dijo con cierta indiferencia. No era la primera vez que tenía que explicar las quemaduras de su cara y brazos.

"¿Pero no sabes ningún buen hechizo de sanación? Las cicatrices tienen un aspecto horrible".

Ella forzó una leve sonrisa, actuando como si aquella frase no la hubiera herido. Aunque las cicatrices se habían atenuado con el tiempo, tenía tantas que, de cerca, parecía que tuviera la cara llena de telarañas. "Hace años luché con dos de los nigromantes de Vósper. Me cegaron un ojo y me quemaron. Estuve a punto de morir, pero otro jinete de dragón, Elías, me salvó la vida".

Fëanor no ocultó su sorpresa. "¿Dos nigromantes? Es increíble que hubieras sobrevivido incluso sólo a uno. Sus quemaduras son extremadamente dañinas. ¿Pero por qué no te quitaste las cicatrices y restauraste tu vista? ¿Es una especie de insignia de honor tener un aspecto tan horrible?"

"No, nada de eso. Soy incapaz de realizarme una sanación mejor que esta. Mis heridas eran demasiado graves, y algunas de las cicatrices permanecieron. Nuestros sanadores hicieron todo lo que les fue posible. He aprendido a vivir con la imperfección".

"Oh, es una pena. A veces olvido lo limitadas que son las habilidades de los mortales. Un sanador elfo jamás dejaría tanta fealdad".

Una expresión sólida atravesó el rostro de Sela durante un fugaz momento. Fëanor la estaba provocando, intentando que mordiera el anzuelo, pero ella no permitiría que las palabras de un elfo la enfurecieran, así que desvió la conversación hacia otro tema.

"¿Sabe tu reina Xiilthara que estás viajando con estos humanos? Pensé que os tenía prohibido mezclaros con nosotros *los mortales*".

Él frunció el ceño. "Los elfos no tienen prohibido interactuar con los humanos, y tampoco estoy sujeto a cada capricho de mi reina. En realidad vine al desierto por un buen motivo: era hora de que mi dragón encontrara una compañera, y le animé a venir aquí a cortejar hembras".

"Eso ciertamente explica la presencia de Blacktooth en las Arenas de la Muerte, pero no por qué sentiste la necesidad de acompañarle. ¿Tu dragón te necesita para cortejar a las hembras? Es un macho saludable, hasta donde yo sé".

Fëanor pareció irritarse. "Lo cierto es que no tenía deseos de venir al reino mortal, pero Blacktooth no se acercará a una hembra a menos que yo le obligue".

"Eso suena absurdo", dijo ella con un gesto de desdén.

"Puede, pero es verdad. La magia élfica suprime el impulso natural de reproducción de los dragones, es algo que afecta tanto a los machos como a las hembras. Blacktooth no tiene deseo de aparearse cuando está en Brighthollow, así que debo obligarle a marcharse de allí. Los elfos tenemos que hacer esto cada vez que nuestros dragones deben aparearse".

"Qué sorpresa", murmuró Sela. "¿Así que sus impulsos naturales regresan tan pronto como entran en el mundo mortal?"

"En cuanto atraviesan las nieblas, sus instintos reproductivos se despiertan. Mi gente preferiría que se aparearan entre nosotros, pero es imposible. Los dragones no realizan sus cortejos en nuestra tierra, y no podemos llevar huevos a Brighthollow, porque raramente eclosionan. Ocurre algunas veces, como con Atejul, el dragón de la reina, pero la mayoría de veces los polluelos mueren dentro del cascarón. Con suerte, puede sobrevivir uno entre docenas".

"Doy por hecho que sabes esto por experiencia".

"Sí", admitió él. "Mi dragón, Blacktooth, es uno de esos raros éxitos. Su madre fue asesinada, así que me llevé sus huevos a Brighthollow. Él fue el único polluelo que sobrevivió de una nidada de diecisiete. Es una lástima".

"Sí, lo es", dijo ella, sorprendiéndose de coincidir con Fëanor en algo. "Si los dragones pudieran anidar en Brighthollow, habrían estado más seguros durante la guerra, y habría más supervivientes".

El rostro del elfo se endureció repentinamente. "¡Por supuesto! No hay duda de eso. Desde luego, no podemos depender de los mortales para salvarlos".

"Eso no es justo".

"¿Justo? ¿Cuándo han sido justos los mortales? ¿Entendéis siquiera el significado de la palabra? Es por culpa suya que la especie dragona fue casi totalmente exterminada. Los mortales son buenos para matar, pero no para otras cosas. Sois una plaga para esta tierra".

Sela cruzó los brazos sobre el pecho. "No nos metas a todos en el mismo saco. Siempre he luchado por lo que considero justo".

Fëanor bufó. "Sois lo bastante parecidos que no importa. No traéis más que desgracia y muerte. ¡Oh, qué harto estoy de vuestras constantes agresiones e interminables guerras!"

La ira prendió en los ojos de Sela. "¡Es muy fácil criticar sin hacer nada para mejorar la situación! Los elfos podrían habernos ayudado a luchar, pero en lugar de eso prefirieron ignorar el problema hasta que fue demasiado tarde".

"No es nuestro trabajo detener las guerras mortales. Para nosotros no supone ninguna diferencia si os destruís mutuamente en una espiral de odio y terror. De hecho, seguramente sea mejor para el mundo natural que todas las razas mortales desaparezcan. No obstante, a mi gente le preocupa salvar a los dragones. Sería una gran pena que su especie se perdiera, pues son una parte importante del mundo natural".

"¿Acaso los mortales no lo son? ¿No merecemos todos una segunda oportunidad?"

"¿Oportunidad de qué? ¿De tomar decisiones terribles? ¿En qué habrían mejorado las cosas si os hubiéramos ayudado? Sería igual que en la anterior guerra: los estúpidos humanos habríais encontrado otra excusa para empezar a mataros entre vosotros casi de inmediato. Sólo porque tú no hayas matado ningún dragón no significa que no formes parte de un problema mayor. Los mortales son seres estúpidos, pero eres incapaz de verlo. No entendéis nada, ¡nada en absoluto!"

"Deja de decir eso, ¡tan sólo intentas disculpar vuestra desidia!"

"Te repito que no era nuestro trabajo. Humanos, enanos, orcos... todas criaturas problemáticas y mezquinas. Algunas más que otras, pero ninguna compensa por las molestias que causan. Aunque al menos tú eres humana, no un enano. Esos sí son totalmente insufribles, especialmente ese mestizo amigo tuyo, Tallin".

Sela señaló a Fëanor, indignada. "¡Tallin es un jinete de dragón, y también amigo mío! ¡Retira lo que has dicho, o de lo contrario...!" Sus palabras se fueron apagando. Incluso en el momento de pronunciarlas, sabía que Fëanor jamás se disculparía con nadie, al menos no con un mortal.

El elfo se la quedó mirando mucho tiempo; luego se echó a reír. "¡Qué criatura tan obstinada eres! Pero entretenida, en cierta forma". Ahora sonreía, y no parecía en absoluto molesto por su discusión.

Sela decidió olvidarse del asunto, no tenía ningún sentido pelearse con él; nada de lo que pudiera decir o hacer le haría cambiar de opinión. "Dejemos de discutir y hagamos algo útil. Ayúdame a encontrar algunas vainas de mesquite para los nómadas. Me han invitado a compartir su cena con ellos, pero no tienen casi nada que comer".

"De acuerdo, te ayudaré a buscar, pero primero explícame algo: ¿por qué te importan estos nómadas? Acabas de conocerlos, no son nada para ti".

"Me importan... porque soy humana. Está en nuestra naturaleza preocuparnos por los demás, pese a lo que puedas creer".

Fëanor hizo un gesto de exasperación. "Lo que tú digas. Pero démonos prisa, para poder volver al campamento. Me gusta oír sus relatos nocturnos, su Cuentacuentos tiene mucho talento".

Ambos exploraron la zona y encontraron un mesquite, pero estaba seco y completamente consumido por los animales del desierto.

"Vaya, es una pena", dijo Sela. "No veo ningún otro más. Supongo que no podremos llevar más comida".

Fëanor se agachó y tocó el maltrecho árbol. "Puedo arreglarlo", dijo en tono indiferente.

"¿Arreglarlo"?, repitió Sela, como si no le hubiera escuchado bien.

"Sí, puedo arreglarlo. El árbol no está muerto, sus raíces están sanas en el subsuelo".

"¿Pero qué puedes hacer con él? No le quedan más que unas hojas".

El elfo frotó el tronco reseco con un dedo. "Los elfos podemos extraer energía directamente de la tierra. Tenemos un poder prácticamente ilimitado siempre que estemos en contacto con ella. Y si algo tiene vida en su interior, podemos sanarlo y hacerlo crecer. Observa".

El elfo extendió los dedos y sopló suavemente hacia la planta, diciendo: "*Prolisk*". Tan pronto como el hechizo dejó sus labios, el arbolillo se enderezó y estiró como si estuviera despertando de un largo sueño. Fëanor repitió el hechizo y la planta creció un poco, brotando de la misma unas cuantas hojas nuevas. Con un golpe de pulgar, apareció una flor. Y luego otra. Y otra. Pronto todo el árbol estaba en flor.

"Muy impresionante", dijo Sela, pero...

"No he terminado. *Eldask*".

Apareciendo de la nada, una fresca brisa se levantó a su alrededor. Al alcanzar las hojas, la planta empezó a latir y temblar, creciendo repentinamente. La planta creció a lo ancho y a lo alto, expandiéndose frente a ellos como una burbuja gigante. Las flores se agitaron y después se hundieron sobre sí mismas, transformándose en vainas que maduraron en un instante.

Todo acabó tan pronto como había empezado. Lo que antes era un triste y arrugado arbusto ahora era un enorme y vibrante árbol, más alto que la humana y el elfo, y mucho más ancho de lo que podían abarcar. Sus ramas estaban cargadas de vainas, todas ellas maduras y listas para comer.

Sela pestañeó. Sabía que los elfos eran poderosos, pero esto iba más allá de lo que había imaginado. "¿Hay algún límite a vuestros poderes?", preguntó mientras recolectaban las vainas.

Él se volvió para mirarla. "Desde luego. Hay muchas cosas que los elfos no podemos hacer".

"¿Cómo qué?"

Fëanor ladeó la cabeza, estudiándola. "Magia de la muerte. Nigromancia. Ese tipo de conjuros está reservado a las razas mortales. No es sólo que los encontremos de mal gusto, ni siquiera tenemos la capacidad de practicarlos, aunque lo intentemos".

Sela arqueó las cejas. "¿Conoces el motivo?" Nunca había hablado tanto con un elfo, y toda aquella conversación le resultaba intrigante.

"No... sólo sabemos que no podemos realizarla, nuestros sabios no han podido descubrir el motivo exacto. Algunos creen que es porque somos criaturas de la luz, no de la oscuridad. La nigromancia perturba el orden natural, y los elfos no pueden actuar de un modo contrario a la naturaleza".

"¿Alguna vez has intentado hacer magia negra?"

El elfo se estremeció. "Nunca. Aunque somos capaces de matar si es necesario, no podemos devolver a la vida nada muerto. Consecuentemente, no podemos crear nigromantes. El simple pensamiento me estremece hasta los huesos". Tras hacer una pausa, continuó. "Hace muchos eones, alguien de mi pueblo trató de crear a un nigromante".

Sela sintió que se le erizaba la piel del cuello y de los brazos. El elfo continuó su relato casi en un susurro. "Sus intenciones eran nobles. Su compañera de vida había muerto hacía poco en un accidente. Su cuerpo había sido aplastado durante un alud de rocas, y no pudo ser salvada. Tras rescatar el cuerpo, lo preparamos para la cremación ritual como hacemos siempre, pero su compañero lo sacó de la cámara mortuoria durante la noche. Loco de aflicción, robó un barco y se marchó de Brighthollow con el cuerpo".

"¿A dónde fue después de eso?"

"¿A dónde más podía ir? Vino aquí, al reino mortal. Al poco tiempo encontró tres hechiceros mortales que servirían de sacrificios para su hechizo. Quién sabe qué les prometería... todo mentiras, probablemente. Tras hacer los preparativos necesarios, trató de levantar a su antiguo amor de entre los muertos".

Sela le urgió a seguir. "¿Qué pasó después?"

"Una desgracia... Lo único que logró fue destruirse a sí mismo de un modo espectacular. Su cuerpo se hizo pedazos, destrozado como una gallina atrapada por un zorro. Cuando lo hallamos, no había nada que pudiéramos quemar. Como puedes imaginar, nadie de mi pueblo ha intentado un hechizo similar desde entonces". Tras finalizar el relato, Fëanor sonrió y restauró su disfraz mágico: su rostro brilló brevemente, y el nómada de ojos claros reapareció ante Sela. "Es mejor que volvamos", dijo. "Ya casi es de noche".

Ella asintió. "Ve tú primero, te seguiré dentro de unos minutos".

"Nos vemos en el campamento".

Ella lo observó alejarse, preguntándose su verdadera razón para estar allí. Al darse la vuelta, vio a Salteador acercándose por el cielo, con un conejo de las dunas entre las garras. Aquella presa y las vainas de mesquite serían una excelente adición a la cena. *Me pregunto qué otras cosas traerá la noche*, pensó mientras caminaba de vuelta al campamento.

El Relato

Como Sela esperaba, los nómadas estaban encantados con el afortunado "descubrimiento" de las vainas de mesquite. Usando un mortero, las mujeres convirtieron los frutos en una harina de color pardo, y añadiéndole agua crearon una espesa masa. Luego encendieron una hoguera con estiércol de camello, colocaron encima una piedra plana, y extendieron la masa sobre la piedra caliente. Unos minutos después tenían varios panes calientes listos para comer.

Los hombres, por su parte, aceptaron el conejo que les ofreció Sela y empezaron a condimentarlo junto a otros animalillos que habían atrapado con unas sencillas trampas. Se sirvió la cena a los niños antes que a los adultos, pero Sela notó que sólo la mitad de los niños recibían comida.

"¿Por qué comen sólo algunos niños?", preguntó.

"Así es como les enseñamos a compartir", respondió Penag. "Algunos recibirán comida ahora, y otros más tarde. Ahora mismo, un niño recibe un pan y un trozo de queso, y los comparte con su hermano. Más tarde, su hermano recibirá un trozo de carne y un vaso de leche de cabra, y también los compartirá. De este modo, tendrán el placer de comer dos veces y disfrutarán una mayor variedad de alimentos. Así es como nuestros niños aprenden que compartir beneficia a todos los de la tribu".

Sela asintió. *Parece una buena forma de fomentar el trabajo en equipo*, pensó. Penag dio unas palmadas para llamar la atención del grupo. "Estamos muy complacidos de tener a una jinete de dragón como invitada de honor esta noche". Tras pasarle un cuenco vacío a Sela, señaló a los alimentos extendidos sobre las mantas.

"Por favor, llena tu cuenco, y toma tanto como gustes". Mostrándole un recipiente con carne troceada y verduras, preguntó: "¿Te gusta la serpiente asada? Es un ejemplar recién atrapado y muy bien cocinado, una de nuestras especialidades".

Sela miró fugazmente a Fëanor, que estaba de pie con las manos en la cadera, observando con expresión divertida cómo Penag describía el resto de alimentos con detalle.

"Gracias, Penag", dijo la amazona, y tras servirse de varios recipientes con su cuchara se sentó a comer entre las mujeres. A continuación se sirvieron el resto de adultos, según el orden marcado por su rango. Todos se sirvieron raciones pequeñas, para asegurarse de que nadie se quedara sin su parte. Hacia el final de la cena todavía quedaba comida, y los niños recibieron una segunda ración.

Una vez hubieron terminado de comer, todos se relajaron en el frescor de la noche. Las mujeres añadieron más leña a las hogueras, y al subir las llamas los hombres empezaron una especie de danza con aplausos y pisotones.

"¿Qué están haciendo?", preguntó Sela.

"Están llamando a la Cuentacuentos", dijo Penag. "Unas veces viene, y otras no".

La jinete se sorprendió. "¿Vuestro Cuentacuentos es una mujer? ¿Por qué no está con las demás?"

"No es una mujer normal. Es una *bruja*... una hechicera".

La sorpresa de Sela aumentó. "¿Viaja sola?"

45

"Normalmente sí. Lleva siguiéndonos muchas leguas, pero siempre mantiene la distancia. No duerme con nuestras mujeres, sino a solas, bajo las estrellas. Su nombre es Abayomi. A veces, si gritamos su nombre, aparece y nos cuenta historias. Otras veces no aparece. Utiliza magia para ocultarse cuando no quiere ser molestada".

Sela miró nerviosamente hacia la zona donde había buscado comida esa tarde. *Esta 'bruja' debe ser una de sus raras magonatas*, pensó. *¿Habrá estado escuchando mientras hablaba con Fëanor?*

En la distancia sonaron unos cascabeles, y los niños gritaron de emoción. "¡Ya viene, ya viene! ¡Abayomi viene!", exclamaron dando palmas.

"¿Hay más como ella? Mujeres hechiceras, quiero decir", preguntó Sela.

"Sí. Nuestras tribus tienen la fortuna de contar con siete hechiceras, que viven
en el desierto. Todos nuestros hechiceros, hombres y mujeres, llevan vidas solitarias, pero se comunican entre ellos para compartir conocimientos e ideas".

"¿Así que no tiene un hogar al cual regresar?", preguntó Sela.

Él negó con la cabeza. "No, no... no me entiendes. Abayomi es hechicera, así que su hogar está en... todas partes. Todas las tribus le dan la bienvenida como uno de los suyos. Es hermana de todos nosotros. Los dones mágicos son extremadamente raros entre nuestro pueblo, así que se considera el deber de los magonatos compartir y transmitir el conocimiento que adquieren, nunca le jurarían lealtad a un único jefe. Esa es nuestra costumbre".

"¿Entonces vagan por el desierto, de una tribu a otra?"

"Exacto. Nuestras hechiceras visitan a todas las tribus, trabajando como parteras y sacerdotisas. Sanan a nuestras mujeres, asisten en los partos difíciles y ofician ceremonias lunares para nuestras hijas en su mayoría de edad. Es por eso que no se quedan en ningún sitio demasiado tiempo, y ha sido un raro placer tener a Abayomi con nosotros los últimos días".

La hechicera apareció en la distancia, iluminada por la luna. No vestía un carthin, como el resto de mujeres, sino un manto de pieles y una corta túnica de plumas negras. Llevaba los brazos y las piernas al descubierto, lo que permitía ver su oscura y arrugada piel. Dos trozos de concha de tortuga cubrían su cabello gris, y su cara estaba totalmente oculta por una máscara, en la cual había una enorme boca sonriente llena de dientes de animales.

La máscara estaba muy ajustada al rostro, y tenía dos ranuras para los ojos, dentro de las cuales brillaban sendos cristales de luz. Cuando estuvo más cerca, la anciana inició un suave cántico. Un zorro de color pardo, que parecía dócil y obediente, caminaba a un lado de ella. Cuando Abayomi llegó al campamento, éste quedó en total silencio.

Penag se puso en pie y se dirigió a todos. "Abayomi os honrará con un relato esta noche". Aproximándose al fuego, la hechicera elevó su bastón. Hubo un fuerte crujido, y una cascada de chispas azules surgió de la punta. Los niños exclamaron "ooooh" y "aaaah" con alborozo, y corrieron a sentarse en semicírculo frente a la Cuentacuentos. Los adultos se sentaron tras ellos, y todo el mundo esperó el comienzo del relato.

Abayomi señaló a Sela. "Veo que tenemos un visitante de fuera esta noche", dijo en la lengua común.

Su voz sonaba rasposa y gutural desde detrás de la máscara.

"Gracias por invitarme", dijo la jinete inclinando la cabeza.

"Eres bienvenida aquí, forastera". A continuación se dirigió a todos. "¡Hermanos y hermanas! Habéis solicitado relatos, pero mis relatos son valiosos. ¿Qué me daréis a cambio?"

"¡Nuestra mejor comida y bebida!", fue la respuesta colectiva. Una niña de unos nueve años, aún demasiado joven para llevar el carthin, se adelantó con un gran cuenco, lleno hasta el borde de carne, queso y panes. Sela comprendió que la tribu había guardado parte de sus mejores manjares para Abayomi, en anticipación de que viniera aquella noche.

La hechicera aceptó el cuenco y lo dejó a un lado. Al volverse al grupo de nuevo, los ojos acristalados de su máscara emitieron una brillante luz blanca. Incluso con el rostro cubierto de aquel modo, Sela notó que se quedó mirando a Fëanor durante un tiempo inusualmente largo.

"Esta noche, para nuestra honorable invitada, hablaré en la lengua común. Penag traducirá para aquellos que no la comprendan". El nómada se puso en pie y, situándose junto a la hechicera, empezó a repetir en su propio idioma todo lo que esta decía. Abayomi inició su relato.

"Algunas de mis historias sirven para entretener o para enseñar. Otras para convencer. Pero esta es diferente. Algunos podéis haberla oído, otros no, pero es una de las más importantes de nuestro pueblo.

"Es un relato oscuro, pero contiene una importante lección que debemos transmitir a nuestros hijos, y a los hijos de nuestros hijos. Que no os quepa duda: cada una de las palabras que pronunciaré esta noche es cierta. Sabréis que es verdad por la fuerza de mis palabras. Sabréis que es verdad por vuestros sentimientos, por cómo os afectará. Hoy mi historia es sobre los huldufolk, los seres inmortales que viven fuera de los confines de nuestro mundo".

Sela pudo ver de reojo cómo Fëanor se envaraba. Parecía un ciervo a punto de echar a correr.

"¿Conocéis al pueblo élfico, los misteriosos huldufolk que moran más allá de las heladas tierras del Norte? Brighthollow es una tierra mágica a la que los mortales no pueden acceder. Pero aunque nosotros no podemos visitarlos, a veces los huldufolk nos visitan a nosotros, vistiendo una falsa piel para ocultar sus verdaderos rostros".

Un coro de murmullos recorrió el grupo, y Abayomi bajó la voz hasta convertirla en un susurro. "A veces los huldufolk son serviciales y nos ayudan, pero tienen un lado oscuro: también pueden ser traicioneros. Son incomprensibles en sus costumbres, arrogantes y crueles cuando se enojan. ¡Contrariar a un huldufolk puede suponer la muerte!"

Fëanor retrocedió con expresión tensa y se quedó en la parte trasera del grupo. Abayomi hizo como que no lo veía, y continuó su relato. "Hace mucho tiempo, había una tribu nómada que vivía en la parte Norte del desierto. Puede que nunca hayáis oído hablar de ellos, porque ya no existen, pero en tiempos remotos era la tribu más numerosa de todas. Sin embargo, ni uno solo de sus descendientes ha llegado hasta nuestros días. ¡Su linaje desapareció por completo!" Unas exclamaciones de asombro recorrieron la multitud.

"El jefe de esta tribu se llamaba Awah'i. Era un jefe joven, pues su padre había muerto el año anterior y le había dejado el mando antes de estar realmente preparado. Pese a todo, gobernaba de forma sensata y justa, y su gente lo respetaba. Pero Awah'i se sentía solo.

Los ancianos de la tribu vieron su infelicidad y le sugirieron escoger una esposa de entre los Mahir, una pequeña pero poderosa tribu del Oeste. Awah'i accedió, y los Mahir se sintieron encantados ante la ocasión de aquella alianza. Los ancianos de ambas tribus concertaron una reunión, y se escogió una esposa adecuada para Awah'i. Su nombre era Chi'mani, y era la dama más hermosa del desierto. Tan extraordinaria era su belleza que todos los hombres la deseaban y luchaban por su mano. Gentes de todas las tribus viajaban simplemente para contemplar su rostro".

Abayomi extendió las manos hacia el frente. "Recordad, esto fue hace mucho tiempo, antes de que las mujeres empezaran a cubrir sus rostros con el carthin. Todos los guerreros nómadas habían intentado ganar su mano, pero ella los rechazó, decidiendo reservar su doncellez para su auténtico amor".

Los niños escuchaban a Abayomi contar su historia, con las sombras proyectadas por las hogueras bailando sobre sus rostros. "Los ancianos se dirigieron a Chi'mani y le preguntaron si aceptaría a Awah'i como compañero de vida. Pese a sus muchos pretendientes, ella entendió que una alianza con aquella tribu tan poderosa sería buena para los suyos, así que accedió al compromiso, y se fijó la fecha del matrimonio".

El fuego del campamento perdió intensidad repentinamente, y el aire que los rodeaba pareció hacerse más frío. Sela miró hacia Fëanor, que permanecía entre penumbras en la parte trasera, con expresión de disgusto.

Abayomi continuó. "Al llegar la primavera, los preparativos se intensificaron. Ambas tribus trabajaron febrilmente para organizar un gran banquete, y empezó a llegar gente de todo el continente para asistir a la boda. Se extendían tantas tiendas por el paisaje que era imposible encontrar un pedazo de suelo libre. Finalmente, el día de la boda llegó, y la novia, acompañada por sus padres, sus hermanos y sus hermanas, vio por primera vez a su prometido. Como era costumbre, ambas familias intercambiaron regalos antes de la celebración. A mediodía, la joven pareja pronunció sus votos nupciales, y todos se regocijaron. Miles de personas bailaron y cantaron, y la celebración duró todo el día y toda la noche. Pero justo cuando los esposos iban a retirarse a su lecho nupcial, apareció en el campamento un forastero de tez pálida".

Abayomi señaló a lo alto. "El cabello del recién llegado era del color de las estrellas del cielo, como una corona de plata. Sus ojos eran tan azules que podrían haber salido del mismo mar. Era muy hermoso... pero también muy arrogante. El forastero caminó hacia la pareja, deteniéndose a unos pasos de distancia. '¡Esta unión no debe realizarse!', gritó.

"Enfurecido por aquella brusca intromisión, el joven jefe se adelantó para enfrentarse al extraño: '¿Cómo te atreves a venir aquí e insultar a mi gente de esta manera? ¡Esta es mi celebración nupcial y no consentiré ninguna intromisión!'

"El pálido personaje lo miró despectivamente: 'Soy el Príncipe Daakul, hijo de Xiilthara, Reina de los Elfos. He venido aquí para reclamar a mi amada, que pertenece por derecho a mi persona y a mi reino. Chi'mani ya está encinta, y el hijo es mío'.

"Un rubor apareció en las mejillas de la joven, que inclinó la cabeza avergonzada. Awah'i la miró y quedó estupefacto. '¡¿Has yacido con él?!', exigió saber. '¡Dime la verdad!'

"Aunque Chi'mani tenía miedo, no mintió. 'Sí', reconoció. 'Pero no entendí que era real hasta ahora. Sólo he conocido a este hombre en mis sueños. Me visitó en mi tienda hace muchas semanas, su cuerpo estaba rodeado de una luz blanca. Pensé que era una visión enviada por los dioses, y acepté su contacto'.

"Una gran agitación se extendió entre los presentes, que no daban crédito a lo que escuchaban. Awah'i aulló de rabia y desesperación, pues ya habían pronunciado los votos nupciales ante los ancianos. Estaba vinculado a Chi'mani por la ley tribal, y el divorcio no existía entre ellos. Aún peor, estaba embarazada, y el niño no era suyo. Cegado por los celos, Awah'i tomó su lanza con la intención de luchar con el forastero y matarlo. Los ancianos corrieron a detenerlo, porque sabían que aquel hombre pertenecía al pueblo de los huldufolk, y enfurecerlo podía significar la muerte.

"El extraño ignoró el caos que lo rodeaba, y acercándose a Chi'mani tomó su mano en la suya. 'Te amo Chi'mani'. Le dijo. 'Eres la mujer más bella de todo el mundo, y te quiero a mi lado para siempre. Preferiría dejar de existir a vivir sin ti. Acepta mi mano y comparte tu vida conmigo'.

"Aunque la voz del elfo era muy suave, sus palabras resonaron en el interior de Chi'mani, que sintió un profundo anhelo en su corazón. Aún así, sabía que debía rechazarlo, pues era una mujer muy inteligente, y conocía la inconstancia de los huldufolk. Por ello, le respondió: '¿Qué futuro podríamos tener juntos, tú y yo? Soy una mujer mortal, y tú eres uno de los seres infinitos. Envejeceré, mientras que tu permanecerás igual. El destino ha decretado que nuestro amor no pueda darse. Por favor, vuelve a tus tierras prohibidas, y déjanos a mí y a mi gente en paz'".

Abayomi miró hacia la distancia. Las luces de su máscara se apagaron, y ahora sus ojos parecían dos oscuros estanques.

"'No tiene por qué ser así', insistió el elfo. 'Te haré mi esposa, y mi gente se verá obligada a aceptarte. Soy príncipe, pero renunciaría a mi corona por ti'.

"Al oír esto, Chi'mani tembló de miedo. 'Lo que propones está prohibido. Los dioses nos destruirán a todos'.

"'¿Quién puede prohibir el amor? Los dioses no pueden condenarnos, pues eres mi predestinada'.

"'Por favor, elfo', le rogó ella. 'No puedo estar contigo. ¡No puedo! Tal unión traería una gran desgracia a mi gente'.

"Pero el elfo no se daba por vencido fácilmente, y siguió insistiendo a la bella dama. En ese momento, Awah'i logró zafarse de los ancianos y se lanzó hacia el huldufolk empuñando su lanza. Pero el elfo era rápido como el relámpago, más de lo que los ojos podían ver, y agarró el brazo de Awah'i, retorciéndoselo. El joven gritó, debatiéndose contra la potente presa del elfo, pero éste le dislocó el hombro de su lugar y lo arrojó al suelo como un muñeco de trapo. Awah'i gritó de ira, pero también de vergüenza, pues le parecía que el mundo entero estaba presenciando su humillación. El huldufolk le dio la espalda y reanudó su discusión con Chi'mani.

"Los ancianos fueron hasta Awah'i y le rogaron dejara de provocar al elfo, pero el joven jefe era demasiado orgulloso y sentía demasiado dolor en el cuerpo y en el alma, así que no escuchó su sabio consejo".

Abayomi hizo otra pausa, y dándose la vuelta se levantó ligeramente la máscara para beber un poco de agua, ante la mirada de su zorro. Todo el mundo esperaba ansiosamente a que siguiera la historia. "¡¿Qué pasó luego?!", le gritaban. "¿Qué pasó?"

La hechicera continuó el relato. "¿Que pasó luego? Lo que pasó es que Awah'i cometió un terrible error. Alzó sus ojos hacia los cielos, e invocó a los dioses oscuros…

los dioses de la venganza. Ciego de ira, usando palabras que jamás deben ser pronunciadas, maldijo al elfo, deseando muerte y destrucción para él y para su familia. Todos a su alrededor quedaron en silencio, mudos de asombro y miedo. Sabían que Awah'i había ido demasiado lejos. Y toda su tribu lloró, porque sabía que las consecuencias serían nefastas.

"El elfo se giró para mirarlo, y sus helados ojos azules se clavaron en el rostro del joven jefe".

Las palabras parecieron quedarse atascadas en la garganta de Abayomi. El campamento estaba en absoluto silencio, y todos la miraban respirando pesadamente, esperando a oír lo que ocurriría después.

"Cuando el elfo habló, el mismo suelo tembló de miedo. '¡¿Cómo te atreves a maldecirme de ese modo?!', gritó. '¡Soy el príncipe heredero de Brighthollow!' Entonces, agachándose, agarró a Awah'i por el cuello, poniéndolo en pie a la fuerza. Tratando de respirar, el joven intentó abrirle la mano, pero el poder del elfo superaba toda medida, y apretó aún más, elevando al jefe sobre el suelo tan fácilmente como si fuera un saco de plumas. Los ojos de Awah'i se humedecieron, y su rostro se volvió morado. '¡Tu estúpido orgullo te costará muy caro!', rugio el huldufolk, y gritando una antigua palabra de poder un rayo cayó del cielo, alcanzando el campamento e incendiando muchas de las tiendas. La gente empezó a gritar y a correr aterrorizada.

"El elfo arrojó a Awah'i al suelo de nuevo, pero esta vez el joven no se levantó. El elfo volvió junto a Chi'mani, y le dijo: 'Por última vez, te pido que te unas a mí'.

"Ella bajó los ojos y empezó a sollozar. Cuando finalmente contestó, cada parte de su ser estaba temblando. 'Mi señor, tú eres inmortal y yo no, debes olvidarme. Nunca podremos ser nada el uno para el otro.

Aunque mi corazón se rompe, te ruego que me dejes ir. Nuestro amor es imposible'.

"El elfo gritó de angustia. '¡Has destruido mi corazón! Pero has de saber esto: ¡Aunque mi amor por ti será eterno, nunca te perdonaré!' Se inclinó para depositar un último beso en los labios temblorosos de Chi'mani, y luego desapareció entre una nube de humo blanco.

"La multitud estaba estupefacta por el espectáculo que acababa de presenciar. Había ocurrido algo impensable, como nunca habían visto antes. Awah'i se retiró a su tienda, negándose a hablar con nadie. Chi'mani y su tribu recogieron sus pertenencias y se fueron, regresando a su hogar esa misma noche. Aunque jamás volvieron a poner los ojos el uno sobre el otro, la infeliz pareja permaneció casada hasta el final de sus días.

"Al principio, ambas tribus creyeron que habían evitado lo peor de la ira del elfo, pues nadie salió herido, pero con el tiempo entendieron la auténtica naturaleza de su venganza. En los años posteriores, ningún miembro de las dos tribus fue capaz de tener ningún hijo. Todas las mujeres quedaron estériles, y la semilla de los hombres era inútil, no podían engendrar hijos en ninguna mujer. Esto continuó hasta que ambas tribus se extinguieron y no quedó ni un solo descendiente vivo. Awah'i y toda su estirpe quedaron reducidos a polvo; incluso el nombre de su tribu se ha olvidado. Y la misma maldición golpeó a la Tribu de Mahir... con una excepción".

Abayomi hizo una pausa dramática antes de seguir. "El elfo no fue capaz de destruir a su propia descendencia, así que Chi'mani llevó su embarazo a término, dando a luz a una niña de piel oscura y pálidos ojos azules. Esa hija era mi abuela, Rai'mani. Fue la única superviviente de la Tribu de Mahir, no afectada por la terrible maldición de su padre. Era mestiza, mitad elfa y mitad humana, y pese a ser un ser mortal, gracias a su mezcla de sangres vivió muchos cientos de años. Aprendió muchos hechizos poderosos durante ese tiempo, y transmitió esta preciosa información a sus hijos e hijas. Es gracias a su linaje que tenemos magonatos en el desierto hoy día: dio a luz a trece hijas y diez hijos durante su vida, y todos ellos tenían dones mágicos en distintos grados". La hechicera dio un profundo suspiro. "Y ese… es el fin de mi relato".

Los nómadas aplaudieron y silbaron para expresar su agrado, y Abayomi hizo una reverencia. Una niña en la primera fila levantó la mano, y la maga miró hacia ella. "Sí, pequeña, haz tu pregunta".

"¿Por qué no se llevó el elfo a Chi'mani por la fuerza? Era mucho más fuerte que todos los demás".

"Los huldufolk tienen un gran poder, pero incluso para ellos existen límites. El elfo se la podría haber llevado, ciertamente, o hacerla su esclava, pero no era eso lo que quería. El príncipe deseaba una esposa que lo amara, porque él realmente la amaba".

"¿Pero no podía hacer un hechizo y obligar a Chi'mani a cambiar de opinión?"

"No, pequeña. Las *acciones* pueden forzarse, pero el auténtico amor debe ser *entregado*. No existe hechizo en el mundo que pueda obligar a un corazón a amar a otro. Es posible que Chi'mani correspondiera al elfo, pero sabía que amar a uno de los suyos sólo podía acabar en desgracia. Su amor estaba condenado desde el principio. Ella entendió ese hecho y lo aceptó, pero el elfo no fue capaz de ello".

Los nómadas volvieron a aplaudir, y Abayomi se retiró a las sombras junto con su zorro para cenar en soledad. Sela se sintió extrañamente energizada por la historia, como si las palabras de la hechicera le hubieran insuflado emoción directamente en las venas. Mientras todos comentaban el relato, Sela se levantó para estirar las piernas, y recorrió el grupo con la mirada.

Fëanor se había ido.

El Árbol de la Tentación

Sela se despertó antes del amanecer y se despidió de Penag y su familia, explicándoles que debía seguir su viaje. Ni Fëanor ni Abayomi estaban allí, pero a nadie de la tribu parecía molestarle en absoluto su ausencia.

Las mujeres llenaron las alforjas de Sela de agua y provisiones, y la jinete se puso de nuevo en marcha con su camello, en dirección al Sur. Cuando el calor del desierto se volvía demasiado asfixiante, se paraba a descansar en una cueva o a la sombra de un saliente rocoso. Viajaba principalmente por las tardes y las noches, durmiendo durante las horas más calientes del día. Salteador le hacía compañía y seguía cazando pequeños animales, por lo que nunca le faltaba carne fresca.

En algunas partes del desierto crecían enormes palmeras, y en otras las dunas parecían no tener fin. Siempre que Sela encontraba un punto con hierba y agua se detenía a descansar. No corría el peligro de quedarse sin el vital líquido, pues podía usar magia para extraerlo del suelo, pero era un tipo de hechizos que consumían mucha energía, y procuraba evitarlos siempre que podía.

Los días se convirtieron en semanas, y la jinete combatía la monotonía meditando y adiestrando a Salteador. Por la noche se quitaba las botas y cribaba la fresca arena del suelo con los dedos de los pies.

Aunque viajaba sola, siempre sentía la presencia de Brínsop tirando de su consciencia, llamándola como una boya en un mar de oscuridad. Una noche, mientras descansaba, la dragona le envió un mensaje. *"Siento que estás muy cerca... a menos de un día de camino. La zona ha cambiado un poco desde la última vez que la viste. Hay una pequeña aldea cerca, rodeada por un anillo de palmeras. Los nómadas saben que estoy aquí, pero actúan como si no existiese. Sus casas de adobe pueden verse frente al altiplano. Una vez que las divises, sabrás que estás cerca. Usa el vínculo de la piedra de dragón para encontrarme".*

"Ya casi estoy ahí, sólo un poco más. Nos vemos pronto", respondió la jinete.

Incluso mientras se retiraba de su consciencia, Sela podía percibir la intensa felicidad de la dragona. Recogiendo sus cosas y volviendo a subir al camello, se propuso llegar a la cueva a la mañana siguiente. Cabalgó durante toda la noche, tratando de ignorar las gélidas temperaturas. El Altiplano Negro apareció en el horizonte al amanecer. Evitó la pequeña aldea mencionada por Brínsop, rodeándola y usando un hechizo de camuflaje para no ser vista; no le apetecía explicar su presencia allí. Al mediodía había alcanzado la base de la roca, y mirando hacia arriba divisó docenas de pequeñas cuevas cerca de la cima. Se dio cuenta de que le esperaba una larga escalada.

En el desierto la temperatura siempre era alta, pero aquel día el calor era asfixiante. Sela empezó a sentirse mareada, así que tomó un largo trago de su odre, pero el malestar no disminuyó. Todo parecía confuso, y sentía su mente nublada y desorientada. Decidió buscar sombra y descansar un momento.

Los alrededores estaban anegados por la cegadora luz del sol, pero cerca de ella un solitario árbol tenía frondosas ramas, colmadas de una fruta color rosa claro. Sela no tenía ni idea de cómo un árbol así podía haber sobrevivido bajo aquel calcinante calor, pero se sintió agradecida por ello, y tomando uno de los frutos lo mordió ávidamente. Mientras su jugosa dulzura le descendía por la garganta, le pareció que nunca había probado una fruta tan deliciosa.

Segundos más tarde, la vista se le empezó a nublar. Su desorientación se hizo total, y la boca se le quedó seca. Estaba tan cansada que no podía resistir el impulso de tenderse en el suelo. Salteador llegó desde lo alto y aterrizó en el árbol, justo sobre ella. Saltaba nerviosamente de una rama a otra, agitando la cabeza y chillando. Sela miró hacia el pájaro, con la vista desenfocada; no entendía por qué actuaba de forma tan extraña.

La amazona soltó aire lentamente y se frotó la nuca. Estaba tan agotada que le resultaba imposible pensar con claridad. *Debe ser el calor,* pensó. *Descansaré aquí un poco.* Pero aunque deseaba mantenerse despierta, sus párpados se cerraron rápidamente, y al poco cayó en un profundo sueño.

Horas después, se despertó en medio de la oscuridad. Rápidamente se dio cuenta de que ya no se encontraba en el exterior. "¡¿Dónde estoy?!", exclamó. Hizo un esfuerzo para incorporarse, pero no podía moverse. Su propia capa envolvía firmemente su tronco, brazos y piernas como si fuera un capullo. Estaba tendida sobre un frío suelo, y tras su cabeza había un muro de roca. Hizo presión con todas sus fuerzas, pero las ataduras tan sólo se apretaron más.

"¡¿Quién ha hecho esto?! ¿Qué quieres? ¡Muéstrate!"

Desde la oscuridad le llegó una melosa voz. "Paciencia, jinete de dragón, paciencia".

"¡Muéstrate!", exigió ella.

"¡Ja ja! Un poco exigente para alguien en tu posición, ¿no crees?"

Una sombra apareció sobre Sela, que sintió el soplo de un cálido aliento en el rostro. Tenía un olor exageradamente dulce, como el de las cerezas demasiado maduras. La jinete empezó a sentir nauseas y un martilleo en la cabeza. "¿Quién eres?", susurró.

"Me conoces, jinete de dragón", dijo suavemente la voz.

El aire centelleó brevemente, y Fëanor se materializó en la oscuridad como un fantasma. Sus ojos salvajes reflejaban la escasa luz de aquella penumbra. "No te molestes en pedir ayuda, estamos en lo profundo de la montaña. Nadie podrá oírte por muy alto que grites".

La ira rugía tan intensamente en los oídos de Sela que ésta apenas podía concentrarse, pero mantuvo un tono bajo y calmado. "¿Es esto una especie de broma? Brínsop me encontrará, y tendrás que pagar por esto".

"No lo creo", dijo él, mostrándole sonriente algo que sostenía en la mano.

"¡Mi piedra de dragón!", dijo ella con un respingo.

Fëanor balanceaba el colgante justo frente a ella como un péndulo. La gema brilló extrañamente un momento, y luego volvió a la normalidad.

"No te apures, es sólo por un tiempo. La recuperarás… más tarde".

"Devuélvemela ahora". Ni la voz ni el cuerpo de Sela traicionaban el miedo que sentía.

El elfo rió, negando con el dedo. "Aún no". Guardando la piedra de Sela en una bolsa, añadió: "He puesto un escudo a su alrededor, así que tu dragona no puede encontrarte".

Sela le miró con ojos suplicantes. "¿Por qué me haces esto?"

"Lamento haber tenido que hacerlo, pero tu presencia aquí complicaba las cosas. No te preocupes, no pienso hacerte daño. Mi intención es evitar una situación que pueda costarte la vida, en realidad es por tu seguridad".

"Ya veo", dijo ella. Los poderes de Fëanor eran mucho mayores que los suyos, y sabía que no podía romper el hechizo. Luchó por controlar sus emociones, forzando a su mente a repasar las opciones que tenía. Decidió intentar sacarle toda la información posible. "¿Qué tipo de misión puede obligarte a tener prisionero a otro jinete de dragón?"

"No debería contártelo", dijo él mirando hacia otro lado, "pero supongo que acabarás descubriéndolo igualmente".

"¿Descubrir qué?", preguntó Sela, manteniendo su tono engañosamente tranquilo.

Fëanor suspiró. "He venido a llevarme a los polluelos de Brínsop a Brighthollow. La Reina Xillthara lo ha ordenado".

Sela sintió el corazón salírsele del pecho. "Por favor, dime que es una broma. ¿Estás planeando *robarle* sus polluelos a Brínsop?"

Fëanor arrugó la nariz. "No lo llames así. Suena tan... indigno... No es robar, no realmente. La especie dragona está aún en gran riesgo, es mejor para todos que unos cuantos polluelos sean criados en Brighthollow, lejos de las razas mortales".

"¡Es absolutamente robar! ¡Y tu reina prometió no robarse ningún huevo de dragón! Recuerdas esa promesa, ¿no?"

Fëanor la miró con condescendencia. "Sí, recuerdo esa promesa. Y la hemos mantenido. No he tocado un solo huevo de dragón, y no pienso hacerlo. De todos modos es más seguro para los huevos eclosionar en el desierto. Una vez compruebe que los polluelos están a salvo y con salud, los transportaré a Brighthollow, donde crecerán fuertes y estarán protegidos. Una vez lleguen a tierras elfas nadie podrá llevárselos de allí".

Sela resistió el impulso de gritar. Trató de razonar con él: "Entiendo lo que tratáis de hacer, pero es muy injusto para Brínsop. Ella es la madre, y sólo ella debe decidir lo que pasa con su nidada".

Fëanor se encogió de hombros. "Se enfadará, sí, pero es por un bien mayor".

"Puedes contarte eso a ti mismo tanto como quieras, pero dudo que Brínsop vaya a verlo así", replicó ella severamente.

"Tu amiga dragona lo entenderá, con el tiempo".

Dándose cuenta que sus objeciones eran inútiles, Sela decidió cambiar de táctica. "¿Qué piensa tu dragón, Blacktooth, de todo esto?"

El elfo calló unos instantes y respiró profundamente. "Le cuesta decidirse, la verdad, y por eso no está aquí ahora. Sabe que Brínsop se enfadará, y con razón, pero debes saber que esos polluelos son suyos también, y desea desesperadamente que sobrevivan. Sabe que estarán más seguros en Brighthollow, por eso ha accedido a ayudarme".

"¡No me importan vuestras intenciones, no es correcto!", insistió Sela, exasperada. "¡Esto podría iniciar una guerra entre nuestros pueblos!"

"No exageres", dijo él con desdén. "Nada de esto va a iniciar una guerra, porque voy a hacerlo todo pacíficamente. El objetivo es salvar a los dragones, saber eso me resulta muy reconfortante. Ahora mismo puede parecer cruel, pero a largo plazo sin duda es lo mejor. Si estuvieras en mi posición harías lo mismo".

"Te equivocas, jamás haría algo así a mi compañera y amiga". El tono de Sela pasó a ser suplicante. "Por favor... te ruego que no hagas esto a Brínsop".

El elfo la miró exasperado. "¡Por favor, no seas tan dramática! No voy a hacerle ningún daño a tu dragona".

"El impacto de perder todo su nido podría traumatizarla de por vida. Probablemente no tendría la confianza suficiente para aparearse nunca más".

Fëanor consideró aquellas palabras unos instantes, y luego se encogió de hombros. "Lo dudo seriamente. Pero incluso si fuera así, seguiría valiendo la pena el riesgo".

Sela negó con la cabeza, tratando de enjugar sus lágrimas de rabia con los párpados. Sabía que no tenía poder para detenerlo. "¡¿Ni siquiera entiendes lo terrible que suena eso?! Estáis haciendo algo malvado, ¡malvado e imperdonable!"

"Bueno, a la hora de la verdad tu parecer no cuenta, el resultado final será el mismo", respondió él fríamente. "Tengo un trabajo importante que hacer, y nunca me han importado demasiado las opiniones mortales. Brínsop saldrá pronto de la cueva para cazar, he estado observándola y en breve deberá alimentar a sus polluelos de nuevo". El elfo se acercó a Sela, desenfundando su espada. "Bueno, he disfrutado nuestra charla, pero me espera un día ocupado. Quédate quieta, o tendré que hacerte más daño de lo que me gustaría".

Sela ensanchó los ojos alarmada. "¿Qué vas a hacer, piensas matarme?"

"Por supuesto que no, no seas tonta. El hechizo de ligadura se debilitará automáticamente en unos días, y quedarás libre. Por mi parte, no te deseo mal, pero debo dejarte atada, no puedo arriesgarme a que arruines nuestros planes. Te dejaré algo de agua cerca, donde puedas alcanzarla con la boca. Para cuando vuelvas a despertar, ya me habré ido con las crías, y no habrá nada que puedas hacer al respecto".

"¡Espera, escúchame!", gritó ella, pero ya era demasiado tarde. Fëanor se inclinó y le golpeó la sien con el pomo de su espada. Un dolor cegador explotó en su cabeza, y la oscuridad volvió a envolverla.

Amigos en la Oscuridad

Pasaron horas hasta que la jinete despertó de nuevo, dolorida y aturdida. Girando la cabeza lentamente, comprobó que seguía en la misma cueva, y que aún estaba paralizada. Notaba un sabor salado en su boca, pero no sabía si era de sangre o de lágrimas. Tenía la garganta seca y dolorida, el cuerpo cubierto de arenilla y la cabeza le martilleaba como un tambor a todo ritmo.

Su memoria fue volviendo fragmentadamente. Recordó la conversación que tuvo con Fëanor. Trató de proyectar su mente, pero no percibió nada sino oscuridad. Nunca había sido una telépata fuerte, pero en ese momento se sentía tan débil que apenas podía pensar, mucho menos usar telepatía.

¡Ese miserable elfo va a robar los polluelos de Brínsop!, pensó desesperadamente. Se debatió contra sus ataduras, pero no pudo liberarse, y con cada movimiento las cuerdas encantadas se tensaban más. Apretando los dientes, trató de incorporarse, pero no había nada que hacer. Se sentía como si todo su cuerpo estuviera siendo exprimido por un puño invisible. Aquel esfuerzo acabó de agotarla, y la desesperación se cernió sobre ella como una nube negra. Maldijo en voz alta, llena de frustración.

Repentinamente oyó un susurro en la penumbra. "No te muevas, jinete de dragón. No puedes escapar, y el esfuerzo sólo te cansará más".

"¿Quién está ahí?", preguntó ella.

"Una amiga", fue la respuesta.

Sela escuchó el sonido de una piedra golpeando, y segundos después una pequeña llama parpadeó en el suelo. La figura de una anciana se posó cerca de ella, con Salteador sobre su hombro. "¿Necesitas ayuda?", preguntó la mujer.

"¿Quién eres? ¿Eres Abayomi?", susurró Sela, sorprendida.

La hechicera sonrió. "Sí, soy yo". Arrodillándose junto a la jinete, le frotó la cara con un paño húmedo, y luego le acercó un odre a sus labios resecos. Sela bebió ávidamente, dejando que el agua aliviara la irritación de su garganta.

"¿Cómo me encontraste? Fëanor dijo que me dejaría en lo más profundo de la montaña, ni siquiera puedo oír el viento de fuera".

"El huldufolk no mintió. Estás en lo profundo del laberinto de la montaña, ahí donde la luz natural no llega". La anciana señaló al halcón sobre su hombro. "Tu ave me buscó y me trajo hasta aquí, de lo contrario nunca te habría encontrado. Esta pequeña criatura te tiene gran devoción, lo has entrenado bien".

Sela reclinó la cabeza en el suelo y cerró los ojos. Sentía un intenso alivio. Salteador voló hasta ella y la observó durante unos segundos, para después abandonar la cueva dando un agudo chillido. Parecía entender que su dueña estaba fuera de peligro.

"Es inteligente y le gusta charlar", dijo Abayomi. "Fue una buena compañía mientras caminaba por la arena. ¿Dónde lo encontraste?"

"Lo compré en el mercado parthiniano, y he estado adiestrándolo por el camino. Pagué bastante por él, pero obviamente valió la pena, puesto que acaba de salvarme la vida. Es muy inteligente, tal como has dicho".

La anciana la miró pensativamente. "¿Sabes por qué te ha hecho esto el elfo? ¿Le provocaste de algún modo?"

"No, sólo soy un inconveniente para él, temía que estropeara sus planes". Luego repitió todo lo que Fëanor le había contado, incluyendo su plan para raptar a los polluelos.

"Lo lamento", dijo Abayomi, "pero al menos estás viva, deberías estar agradecida por eso".

"¡¿Agradecida?!", replicó Sela agitadamente. "¡Me dejó atada en la oscuridad sin comida ni suministros! Todas mis cosas estaban con mi camello, seguro que lo dejó suelto por el desierto. ¡Pero eso no es lo peor, se llevó mi piedra de dragón, así que no puedo comunicarme con Brínsop y avisarle de lo que va a pasar! ¡Puede que ya sea demasiado tarde!"

"Por favor, cálmate, la histeria no te ayudará en nada". La anciana añadió unas ramitas y dos trozos de estiércol seco a la hoguera que había hecho. "Dame un momento para aumentar el fuego, hace frío aquí, y necesitas calentarte". En cuanto las llamas crecieron en tamaño, Sela se sintió algo mejor. De entre las sombras surgió el zorro de Abayomi, caminando lentamente y sentándose junto a su ama. El fuego se reflejaba en los ojos del animal.

Abayomi se quitó la capa y se sentó junto a Sela. "Ahora discutamos esto tranquilamente. Puedo liberarte, pero llevará tiempo. Trata de relajar tu cuerpo, los hechizos de constricción de los huldufolk son muy fuertes, y se neutralizan más fácilmente cuando la persona no se resiste. Pero no puedo hacerlo por los medios normales, debo engañar al hechizo, así que guarda tus fuerzas. Vamos a estar aquí un buen rato".

La hechicera no llevaba su máscara, y Sela se sorprendió al ver que sus marchitos ojos eran de un brillante color azul. Parecía muy vieja, pero no frágil, y tras las arrugas de su rostro asomaba una cálida sonrisa. Su voz era más amable que cuando contó su relato, e hizo sentirse más segura a Sela. "Nunca creí que Fëanor fuera a hacerme daño", dijo la jinete, "pero ahora que lo pienso, me sorprende que no matara a mi halcón. Parece un grave descuido por su parte".

Abayomi sonrió. "Eso no me sorprende en absoluto. Está en la naturaleza de los huldufolk pasar por alto los detalles. Ellos se rigen por sus deseos, nunca por su intelecto. Aparte de que les encanta desafiar e impactar a los humanos sólo para ver su respuesta emocional, son cortos de miras y no ven más allá del presente. Lo que les parece razonable a ellos puede no parecernos a nosotros, porque les falta un entendimiento básico del reino mortal".

"Trató de justificar sus acciones", le explicó Sela.

Abayomi la miró pensativa. "Sí, estoy segura de que lo hizo, los elfos pueden justificarse cualquier cosa a sí mismos. Ningún argumento los convencerá de lo contrario, porque no está en ellos sentirse culpables. El relato que conté en el campamento era cierto: cuando el príncipe elfo vio a Chi'mani, la deseó intensamente, y su pasión era tan intensa que no le importaron las consecuencias de sus actos. Destruyó a dos estirpes humanas por no poder satisfacer sus propios deseos, su orgullo herido era más importante que la vida de miles".

Sela suspiró. "¿Y qué hacemos ahora?"

"No tengo la fuerza suficiente para descargar el hechizo del elfo yo sola, así que voy a crear una poción. Si se hace bien, a menudo tiene éxito donde un hechizo fracasa, porque no depende de la fuerza mágica de una persona. Sin embargo, hay que elaborarla con cuidado, puede ser muy complicado a veces".

"Brínsop está en peligro, me cuesta mucho ser paciente", repuso Sela.

"Lo sé, pero es mejor no acelerar estas cosas, o podrías sufrir un daño permanente. Recuerda: la paciencia es compañera de la sabiduría, y a la sabiduría le acompaña la capacidad de permanecer quieto. Así que cálmate y déjame acabar mi trabajo".

Sela suspiró y relajó su cuerpo todo lo que pudo. En cuanto dejó de debatirse, las ataduras mágicas que la oprimían se aflojaron, y pudo respirar mejor. Definitivamente no tenía escapatoria, así que se resignó a esperar. "¿Puedes hablarme de tu pueblo?", preguntó pasado un rato.

Tras un corto silencio, Abayomi asintió. "No sé mucho de la vida como mujer normal. Sólo visito a las tribus cuando me necesitan".

"Suena como una existencia solitaria", dijo Sela suavemente.

La hechicera se encogió de hombros. "Soy una curandera, esta es la única vida que he conocido. Ni siquiera recuerdo a mis auténticos padres... Era muy joven cuando me mandaron lejos a adiestrarme. Otra hechicera fue quien me crió y me adiestró".

"¿Te arrepientes de haberte convertido en hechicera?"

"No, nunca. Es un honor y una gran responsabilidad", dijo acariciando el hocico de su mascota. El animal permanecía tan quieto que Sela había olvidado que estaba ahí. "A veces es difícil, hay días en los que me siento muy sola. Cuando camino por el desierto, las noches se hacen terriblemente largas, pero mi zorra Ojai me hace compañía. Es mi espíritu guía cuando sueño, estaría totalmente sola sin ella".

Sela sonrió para sus adentros; no se le había ocurrido que la mascota de Abayomi podía ser una hembra. Trató de moverse nuevamente, pero no fue capaz. Sentía un hormigueo en brazos y piernas debido al frío y a la falta de movimiento. "¿Se te permite... tener un compañero de vida?"

Abayomi sacó un mortero de su morral y mezcló unas hierbas dentro del mismo. "La respuesta es complicada". Mientras hablaba, agitaba la mano del mortero incesantemente, parando ocasionalmente para añadir algo a la mezcla. "Tras completar nuestro adiestramiento de magonatos, se nos permite escoger un compañero, pero no podemos casarnos. Nos apareamos para crear niños, con la esperanza de que tengan el don de la magia. Di a luz a cuatro hijas. Dos eran magonatas, y las otras dos no".

"¿Qué pasó con ellas?"

Pasó un largo rato hasta que Abayomi volvió a hablar. "Todas mis hijas fueron alejadas de mí al poco de nacer, y entregadas a mi hermana para que las criara", dijo quedamente.

"Lo siento".

"Es la costumbre de nuestro pueblo. Mis dos hijas magonatas me fueron devueltas para adiestrarlas cuando fueron lo bastante mayores". La anciana sonrió. "Los años que pasé con ellas fueron maravillosos para mí. Cuando pienso en aquellos días, soy feliz". Volvió a suspirar. Aunque parecía triste al hablar, a Sela también le pareció que se había quitado una gran carga de encima.

"Gracias por ayudarme", dijo, intentando cambiar de tema.

La expresión de la anciana se suavizó. "No hay de qué". La hechicera hundió un nudoso dedo en la amarillenta mezcla del mortero y luego lo olió. "La poción está casi lista. Ya sólo necesita cocerse un poco". Pasando el preparado a una pequeña olla de barro, le añadió agua y lo colocó sobre la hoguera. El líquido emitía un olor intenso, pero no desagradable. Tras dejarlo hervir y espesarse durante un rato, Abayomi retiró la olla del fuego y vertió la mezcla en un pequeño tarro. "Lo dejaré enfriar un momento, y luego empezaremos". A continuación sacó de su morral una pequeña piedra plana y la colocó en el suelo. Tenía una antigua inscripción, rodeada por un círculo de minúsculas perlas que Sela no podía entender.

"¿Qué es eso?", preguntó la jinete.

"Es un talismán, pertenece a la familia de Penag. El elfo parecía extremadamente interesado en él, y pidió verlo varias veces antes de irse. Puede que planeara robarlo. Se lo pedí prestado a Penag, voy a usarlo para completar el hechizo".

Abayomi tomó un puñado de arena y la dejó correr entre sus dedos. "Ahora escucha con atención: cuando suelte tus ataduras, es muy importante que no trates de levantarte por ti misma. Yo te alargaré la mano y tiraré de ti. ¿Entendido?"

Parecía una solicitud extraña, pero Sela asintió. "Entendido".

"Bien. Ahora cierra los ojos y quédate tan quieta como puedas".

Abayomi mojó los dedos en la pegajosa poción y la dejó gotear lentamente alrededor de Sela para crear un círculo de energía en la arena. Un leve zumbido llenó el aire. La amazona entreabrió los ojos y notó que la arena que la rodeaba emitía un leve resplandor.

La vieja hechicera inició un cántico. Algunas de aquellas viejas palabras le eran familiares a Sela, que reconocía trozos aislados aquí y allá, pero no podía entender la mayoría del hechizo. Sin embargo, sabía que estaba funcionando, porque lentamente las ligaduras que la mantenían presa comenzaron a aflojarse. Una mano quedó liberada, y flexionó los dedos furtivamente.

El zumbido se hizo más intenso, y Abayomi empezó a cantar más y más rápido. Repentinamente, la energía comenzó a zigzaguear por el cuerpo de Sela, quien sintió una repentina sacudida y dio un grito. Hubo una nueva sacudida, y esta vez perdió la vista; era como si le hubieran vertido alquitrán sobre los ojos. La jinete sintió su cuerpo caer en un profundo abismo.

"¡Toma mi mano!", gritó Abayomi. "¡Ahora!" Su voz parecía muy lejana.

Aún incapaz de ver, Sela alargó el brazo y buscó la mano de la anciana, quien la agarró con sorprendente fuerza, levantándola del suelo. La jinete se tambaleó sobre sus pies. Todo el cuerpo le pesaba, como si tuviera los miembros llenos de arena. Abayomi la estabilizó poniéndole las manos sobre los hombros. "¿Estás bien? ¿Cómo te sientes?"

"Creo que voy a vomitar", balbuceó Sela, tras lo cual cayó de rodillas y devolvió. Todo su cuerpo tiritaba. Segundos después los temblores cesaron, y haciendo un esfuerzo se puso en pie.

"Por Baghra, me siento horriblemente mal".

Abayomi sonrió. "Lo siento, debí advertirte de eso. Romper el hechizo de un elfo puede tener algunos efectos secundarios desagradables". La hechicera sacó un pequeño frasco de su morral. "Toma, huele esto. No lo bebas".

Sela inspiró profundamente y sintió su mente despejarse de inmediato. "Tiene un olor parecido a la menta. ¿Qué es?"

La hechicera volvió a tapar el frasco. "Se llama *bilstaq...* la esencia del trueno. Se tarda años en recolectar un solo frasco. Mi pueblo lo usa en nuestras danzas de la lluvia". Sela dio un vistazo al lugar donde había yacido; para su sorpresa, un bulto tembloroso de arena, con su forma y tamaño aproximado, estaba ahora en su lugar. "¿Qué es eso?"

"He creado un gólem de arena para ocupar tu lugar. Penetré en el hechizo del huldufolk y te saqué de él, pero sólo podía hacerlo engañándolo, y eso es lo que hace el gólem". Abayomi señaló al arenoso rostro, que carecía de rasgos pero tenía una boca abierta y huecos para los ojos. El pequeño talismán de las perlas temblaba sobre la cabeza. "Fíjate, el talismán es un ojo de gólem, y contiene la magia que anima a la criatura. Tan pronto como las ligaduras se deshagan, el gólem se disolverá, volviendo a la tierra. El conjuro habría desaparecido por sí mismo, pero sólo pasados varios días".

"Esta magia es bastante impresionante, sin duda te preguntaré sobre ella luego", dijo la jinete, admirada. "Pero ahora debo encontrar a Brínsop y advertirle. El problema es que sin mi piedra de dragón no puedo sentirla como de costumbre".

"¿Tienes el don telepático?", preguntó la anciana.

Sela se miró las manos. "Puedo comunicarme telepáticamente, pero sólo por un tiempo muy corto... no soy una telépata fuerte, nunca me resulta fácil, ni siquiera en condiciones ideales. Ahora que estoy agotada y sin mi piedra de dragón es imposible".

Abayomi chasqueó la lengua. "No, no, no digas 'es imposible', porque nada es imposible. Puedes encontrarla usando tus *instintos*. Tu dragona siempre está vinculada a ti, la magia que os liga crea una puerta que conduce más allá del mundo físico. Ignora la fatiga y llega hasta Brínsop con *tu corazón*".

Sela respiró profundamente. "Lo intentaré". Se sentó en el suelo y trató de concentrarse, pero cuando trataba de proyectar su mente no había nada ahí. Tuvo que reprimir un bostezo. Se sentía terriblemente torpe. "No puedo percibir su presencia en absoluto. Brínsop puede haberse ido de aquí, o haberse camuflado mágicamente".

Abayomi agarró el hombro de la jinete, sacudiéndolo suavemente. "Inténtalo con más intensidad, está ahí fuera en alguna parte. Proyéctate con toda tu fuerza".

Sela volvió a cerrar los ojos y se concentró tan fuerte como pudo. Nada ocurrió al principio, pero poco después oyó un susurro indeterminado, como el leve aletear de polillas en el aire. Notó una extraña sensación en su pecho y estómago, una palpitación en las entrañas y un cosquilleo en la piel. Gotas de sudor empezaron a correrle por el rostro. Entonces sintió el contacto. Un intenso calor se extendió por sus miembros, y oyó la voz de Brínsop en su mente.

"*¡Sela!*" El grito angustiado de la dragona resonó en lo profundo de su ser.

La mente de la jinete se tambaleó. El impacto de la potente presencia de Brínsop contra su debilitado cuerpo era demasiado intenso para soportarlo, y perdió el contacto.

"Resiste... por favor, resiste", susurró, sin saber si Brínsop podía oírla.

Abayomi volvió a sacudirle el hombro.

"¿Estás bien, niña?"

La amazona inspiró profundamente. "Sí, he... he oído su voz, pero sólo por un instante. No tuve fuerza para responder". Con notable esfuerzo, se puso en pie. "Ha ocurrido algo horrible, de eso estoy segura. Tengo que encontrarla, ¡ahora!"

La Angustia de una Madre

Sela se dirigió a toda prisa hacia el desierto, con Abayomi siguiéndola a cierta distancia. Al llegar al exterior, la tenue luz de la mañana reveló una columna de humo ascendiendo desde el altiplano.

"¡Allí!", gritó Sela, señalando al cielo. "¡Esa debe ser ella! Subiré guiándome por el humo".

"Ve rápido", le advirtió Abayomi. "No tienes mucho tiempo si quieres atrapar al elfo. Adelántate, yo te seguiré tan rápido como pueda".

Sela inició el ascenso a toda prisa, usando sus manos y pies. Escalaba ciegamente, sin pensar. La escarpada cuesta se convirtió en una imagen difusa durante la frenética ascensión; su único instinto era llegar hasta Brínsop. Llegó hasta un estrecho pasaje cubierto por una alfombra de piedras y continuó ascendiendo, en una carrera que se alargó varias horas. Aunque sólo se paraba cuando le era imposible dar otro paso, ya estaba oscuro cuando finalmente llegó a la cima.

El humo se había disipado hacía mucho, pero aún podía percibir en el aire el penetrante olor de la vegetación quemada. Atravesando gruesos arbustos y punzantes cactus, encontró la recóndita cueva en el mismo borde del altiplano que acababa de atravesar. Mientras corría hacia la caverna, Sela pudo ver guijarros deslizándose por la cuesta que se extendía frente a la misma. Al llegar a la entrada escuchó lamentos ahogados que llegaban del interior.

Sela se acercó sigilosamente para observar lo que ocurría dentro. Un acre olor de sulfuro quemado llenaba el aire, proveniente de los rescoldos del enorme nido de Brínsop, que ardía en el centro de la cueva. El lugar parecía vacío. La jinete buscó alguna señal de los polluelos, pero tan sólo vio sus cascarones rotos. Penetrando más en la caverna, trató de vislumbrar algo en sus oscuros rincones. "¿Brínsop?"

Súbitamente, un chillido perforó la oscuridad. *"¡Ladrones! ¡Miserables ladrones!"* La dragona se abalanzó hacia ella, gritando y lanzando zarpazos. Sus agudas garras cortaron el aire a sólo unos centímetros de la cara de Sela.

"¡No, Brínsop, no! ¡Cálmate!"

Brínsop dio unos cortos e incontrolables bufidos, y a continuación rugió ferozmente, lanzando un torrente de fuego hacia Sela. La jinete volteó el cuerpo a toda velocidad, evitando las llamas en el último instante. "¡Detente, Brínsop! ¡Soy yo, estoy aquí para ayudarte!"

La dragona parpadeó lentamente y pareció reconocerla. *"¿Sela? Lo siento mucho… no puedo percibir tu auténtico ser".*

"¡Lo sé, y lo siento! Me apresaron y me robaron la piedra de dragón, por eso no puedes oír mis pensamientos. Pero ahora estoy aquí".

Brínsop envolvió el cuerpo de su jinete con las alas y tembló. *"¡Oh, Sela! Se han llevado a todos mis polluelos… me los han robado… ¡He perdido mi nidada! Igual que la última vez. ¿Estaremos seguras alguna vez?"*

Sela acarició tiernamente el ala de Brínsop. "¡No te rindas! Quizá podamos salvarlos si nos damos prisa, pero primero cuéntame todo lo que recuerdes, incluso el menor detalle".

La mirada de Brínsop se ensombreció al rememorar lo ocurrido. *"Mis polluelos estaban hambrientos, así que salí a cazar. Todo estaba bien, y entonces, de repente... ya no podía sentir sus voces. Volví a la cueva tan rápido como pude, pero cuando llegué ya no estaban. Sentí tanta rabia que arrasé toda la cueva y todo el altiplano con mis llamas, como ya habrás visto. ¡No puedo sentirlos por ninguna parte! Durante la guerra, mis polluelos fueron masacrados por los cazadragones, los sentí morir... pero esta vez fue diferente, no percibí ninguna angustia suya hasta el mismo momento en que desaparecieron. No estoy segura de si están vivos o muertos".*

*"*Puedo explicar parte de lo ocurrido*"*, le dijo Sela. *"*Tus polluelos se encuentran bien, al menos por ahora. Fëanor los robó. No quiere hacerles daño, sino llevárselos a Brighthollow*"*.

Durante un momento Brínsop la observó incrédula. *"¿Ha sido Fëanor? ¿Fëanor el elfo? ¿Por qué iba a hacer algo así? Se supone que los elfos son nuestros amigos, y él es jinete de dragón. Robar los polluelos del nido de una madre es una ofensa inconcebible".*

*"*Fëanor es necio, pero no malvado*"*, replicó Sela. *"*Secuestró a tus polluelos para supuestamente salvarlos. El plan de los elfos es criarlos en Brighthollow y luego usarlos para aumentar su propio número de jinetes. Piensan que en último término es más seguro para ellos*"*.

"Ya veo", gruñó Brínsop con una ira apenas reprimida. *"¿Y por qué piensan que saben lo que es mejor para mi descendencia?"*

*"*Creen que pueden decidir lo que les conviene a los dragones, pero no es así*"*, respondió Sela.

"Bueno, sean cuales sean sus intenciones, Fëanor pagará por su afrenta, pero lo primero es encontrar a mis

polluelos. Tú conoces las costumbres elfas mejor que yo, ¿dónde deberíamos buscar primero?"

"Fëanor los está ocultando con un hechizo élfico. Es muy hábil con ese tipo de brujería, pero aún podemos atraparlo. No puede haber llegado a Brighthollow tan rápido, ni siquiera con la ayuda de Blacktooth".

"Imposible", dijo Brínsop con convicción. *"Blacktooth nunca participaría en una traición semejante. ¡En cuanto al elfo, si ha dañado a alguno de mis polluelos, lo desollaré vivo!"*

"Con suerte no tendremos que llegar a eso. Fëanor no los dañaría intencionalmente, hace esto por un sentido del deber mal entendido. Realmente cree que llevárselos a tierras élficas es lo mejor".

"Los elfos son idiotas", bufó Brínsop. *"Todos ellos, pero en especial ese necio".*

"Sela, ¿estás ahí?", dijo una voz desde el exterior de la cueva.

La jinete se giró. "¡Abayomi!"

"Sí, soy yo", respondió la anciana, jadeando. "Acabo de llegar, dame un momento para recuperarme. ¡Esa escalada es dura!" La hechicera se reclinó contra la pared y Sela hizo las presentaciones. "Brínsop, esta es Abayomi, fue ella quien me encontró después de que Fëanor me secuestrara, y también me liberó de su hechizo".

La dragona hizo una leve reverencia. *"Gracias por liberar a mi jinete, amiga humana. Estoy en deuda contigo".*

Abayomi unió las palmas de sus manos y respondió lentamente en la lengua de los dragones: "No hay... de qué, amiga dragona".

Sela la miró sorprendida. "¿Entiendes su lengua?"

"La entiendo, pero no puedo hablarla fácilmente. La aprendí durante mi adiestramiento, hace décadas. Mi maestra era una hechicera muy dotada que podía hablar con todos los animales, incluyendo los dragones. Esto fue antes de la guerra, así que aún había muchos dragones en el desierto. Mis poderes son mucho menores que los suyos, pero me las arreglo bien".

"Por cierto, ¿cómo llegaste hasta aquí tan rápido?", preguntó Sela. "Fue una subida dura hasta para mí".

"Puedo parecer vieja, pero aún me queda fuerza en estos huesos", replicó la anciana orgullosamente.

Un agudo chillido resonó en el exterior. Las tres se giraron y vieron a Salteador penetrar en la cueva y aterrizar sobre una roca, replegando elegantemente las alas. Un objeto de familiar color pardo brillaba entre sus garras.

"¡Mi piedra de dragón!", gritó Sela, tomando el colgante. "¡Oh, gracias al cielo que la encontraste! Imagino que Fëanor la tiró tan pronto como se fue de aquí". El halcón se atusó las plumas, satisfecho por su hazaña. La piedra rojiza parpadeó al tacto de Sela, quien se la colocó rápidamente alrededor del cuello. Tan pronto como la cálida gema tocó su piel, un torrente de poderosas emociones fluyó por su interior, al restaurarse la conexión con Brínsop. Podía percibir los sentimientos más profundos de la dragona: su desesperación, ira y dolor. No había nada que la jinete deseara más que hacerlos desaparecer.

"Vamos, salgamos en busca del elfo", las urgió Abayomi. "No hay tiempo que perder, cuanto más nos entretengamos más difícil será encontrarlos. Conozco muy bien este desierto, así que os ayudaré a buscar".

"¿Cuánto puede haberse alejado?", preguntó Brínsop.

"No estoy segura, depende de si Blacktooth le está ayudando o no", dijo Sela sombríamente.

Los negros ojos de Brínsop se encendieron. *"Los dragones no hacen tales cosas. Blacktooth era mi compañero, son también sus polluelos. Es algo impensable".*

Sela apretó los labios, prefiriendo no discutir. No había motivo para alterar aún más a Brínsop, y en todo caso no podía saber si Fëanor le había dicho la verdad en cuanto a la colaboración de Blacktooth. "Muy bien, asumamos que va a pie, entonces. No puede haber llegado muy lejos".

"Quizá haya conseguido un camello en una de las aldeas cercanas", dijo Abayomi. "Sería fácil para él robar uno sin ser detectado. Pero cruzar este desierto, incluso con un camello, lleva bastante tiempo".

Sela frunció el ceño. "¿Y si ha cambiado de apariencia o está usando un hechizo de camuflaje?"

"No te preocupes", dijo Abayomi riendo. "Puedo ver a través de sus encantos, no podrá ocultarme su auténtica apariencia".

"¿Puedes detectar a un elfo camuflado?", preguntó la jinete arqueando una ceja.

"Sí", asintió la anciana. "Puedo percibir todos los encantos élficos, siempre he podido hacerlo. Por eso escogí la historia del príncipe elfo cuando hablé ante la tribu, sabía que el huldufolk se hacía pasar por uno de nosotros. Supe de su auténtica naturaleza tan pronto como puse los ojos sobre él".

Ahora todo tenía sentido, tanto el relato como la furia subsiguiente de Fëanor. "Eso es impresionante", dijo Sela. "He conocido a otros mestizos, pero ningún otro con ese poder. ¿Qué ves cuando lo miras?"

"Es un raro don, lo sé. Veo un aura... una nube de luz rodeando su cuerpo. El encanto de un elfo reposa sobre su piel como una concha transparente. Su verdadero cuerpo brilla debajo como una lámpara; eso es lo que veo. Os ayudaré a encontrarlo".

Sela suspiró. "Desde luego nos vendría bien tu ayuda, pero enfrentarse con él será peligroso, y esta no es tu lucha, Abayomi".

"Quizá no lo sea, pero igualmente me necesitáis. El huldufolk es más poderoso que vosotras dos juntas".

Sela sabía que la maga tenía razón, y se volvió hacia Brínsop. "¿Puedes llevarnos a las dos? Puede que tengamos que recorrer un largo camino".

La dragona asintió. *"Sí, puedo transportaros. Esta anciana parece pesar nada"*.

"Muy bien, busquemos a nuestro ladrón entonces". Subiéndose grácilmente al lomo de la dragona, Sela tomó el brazo de Abayomi y la ayudó a sentarse frente a ella. Brínsop extendió las alas y salió de la cueva. Era ya noche cerrada, y la dragona empezó a sobrevolar en círculos la zona circundante. Una luna grande y luminosa les permitía ver muchas leguas a la redonda.

"¿Dónde buscamos primero?", preguntó Brínsop.

"Vamos al Norte", respondió Sela, "hacia la costa. Mantén los ojos bien abiertos".

"Este desierto tiene lugares para ocultarse", dijo Abayomi. "Hay muchas aldeas y cuevas por el camino. Sin embargo, si está viajando al descubierto, lo veré brillar como una antorcha sobre la arena; puede lograr ocultarse de vuestros ojos, pero no de los míos".

Brínsop empezó a volar en zigzag, y el trío buscó durante horas, hasta bien entrada la madrugada. Un helador viento soplaba sobre las dunas, creando remolinos de arena y polvo. El desierto se extendía ante ellas como un colosal abanico teñido de azul plateado. Poco a poco el terreno comenzó a cambiar, y las onduladas dunas se aplanaron, convirtiéndose en rocosas laderas. Lejos, en la distancia, desoladas y hermosas mesetas se elevaban sobre el desértico suelo. Las tres estaban absolutamente concentradas en su tarea, pero seguían sin ver nada fuera de lo ordinario.

Entonces las orejas de Brínsop se erizaron, y la dragona dio un gruñido. *"¡Mis polluelos están cerca! El elfo sigue bloqueando la comunicación, pero debe haber bajado la guardia... o está cansado. Puedo sentirlos levemente, pero aún no puedo señalar su localización exacta".*

"Excelente", murmuró Sela. "Vamos a capturar a ese granuja".

"No os confiéis demasiado", les advirtió Abayomi. "Incluso si lo encontramos, tenemos una batalla por delante. Vale la pena ser cauteloso cuando tu oponente es un huldufolk".

"Muy bien, pues", respondió Sela, sabiendo que perseguir al elfo era una aventura arriesgada. "Brínsop, desciende lo más despacio que puedas".

Brínsop fue bajando gradualmente, tratando de localizar cualquier rastro del elfo. Sin embargo, un par de minutos después aún no percibían ninguna señal.

"Está a punto de amanecer", dijo Brínsop con cierto abatimiento. *"Aún no lo hemos encontrado, y mis alas empiezan a cansarse".*

"Debe haberse escondido", dijo Sela nerviosamente. El hambre y el cansancio provocados por su cautiverio también le hacían mella, y le dificultaban concentrarse. "Quizá hayamos pasado encima de él..."

Abayomi señaló al suelo repentinamente. "¡Mirad ahí! Está usando un encanto para ocultarse, se ha disfrazado de voluta de humo".

Sela entornó los ojos y en la distancia vio lo que parecía una tenue nube de vapor. "¿Estás segura?"

"Completamente. Su cuerpo es como una hoguera para mí".

"¡Vamos!", bramó Brínsop lanzándose hacia abajo. Segundos después, la dragona aterrizaba violentamente en la arena, haciendo sacudirse el suelo. Abayomi y Sela abandonaron su lomo de un salto. Un extraño humo flotaba en el aire, que era espeso y turbio.

"¡Muéstrate, cobarde!", gritó Sela, escudriñando la oscuridad circundante. "¡Sabemos que estás aquí, Fëanor!"

Una burlona voz sonó ominosamente en el vacío. "No soy un cobarde", dijo. La neblina se disipó, y la auténtica forma del elfo se hizo visible.

Brínsop se lanzó hacia él. *"¿Dónde están mis polluelos, ladrón?"*

Fëanor retrocedió. "No te preocupes, están sanos y salvos".

"Devuélvemelos ahora, o te mataré antes de que des otro paso", dijo ella con voz cavernosa.

"Vamos, sé razonable. ¡Deja que mi pueblo te ayude!"

La dragona se acercó más, gruñendo agresivamente. *"¡No veo nada por lo que ser razonable!"*, gritó, y dando un rugido lanzó una columna de fuego hacia el elfo. Fëanor la esquivó, pero Brínsop se giró a toda velocidad, dándole un contundente coletazo que lo mandó volando por los aires. El elfo aterrizó varios pasos más atrás, gimiendo de dolor en el arenoso suelo. "¡Basta, por favor!", resopló. "¡Sólo intentamos ayudar a la supervivencia de los dragones! ¿Por qué arriesgarte a criar a tus crías aquí, en las tierras mortales?"

Sela avanzó hacia él decididamente. "¡Ríndete, Fëanor! No puedes derrotarnos a las tres".

"Estáis cometiendo un error, un grave error", dijo él agarrándose sus doloridas costillas.

La paciencia de Brínsop se agotó. *"¡No! Eres tú quien ha cometido el error. Voy a preguntártelo una última vez. ¡¿Dónde están mis polluelos?!"*

En ese momento Abayomi dio un respingo y miró a sus espaldas, desconcertada. "¡Esperad!", exclamó. "¡No estamos solos aquí!" Mientras decía esto, el aire empezó a centellear alrededor del grupo. A continuación se oyó un lento siseo, y un elfo de cabello plateado se materializó sobre ellos, a lomos de un dragón negro. Era alto y señorial, más viejo y apuesto que Fëanor, aunque resultaba imposible adivinar su edad; podría tener cuarenta años o cuatrocientos. En su expresión no había miedo ni rabia; sus ojos parecían fríos e inertes.

"¡Maldición!", exclamó Sela. "¡Ahora son dos!"

Brínsop confrontó al otro dragón mientras aterrizaba. *"¡Blacktooth! ¿Cómo te atreves a mostrarte aquí?"*

El dragón inclinó su enorme cabeza negra. *"Mi único deseo es ayudar",* dijo en tono sumiso, apartando levemente la mirada.

Fëanor se arrodilló de inmediato ante el otro elfo. "Mi Señor", murmuró. "Siento tener que molestaros con esto".

El más viejo asintió. "En pie, Fëanor. Es indecoroso para un elfo postrarse en presencia de mortales".

Fëanor se levantó y caminó hasta situarse detrás de Blacktooth.

Sela se dirigió a ellos, desafiante. "¿Estáis aquí para luchar?"

"No", dijo el elfo de cabellos plateados. "Tan sólo deseo discutir esta cuestión".

"¿Qué se supone que hay que discutir?", preguntó la amazona.

"Esta situación es bastante… delicada", prosiguió el elfo. "Nuestra reina no desea iniciar una guerra con los dragones… ni tampoco con los humanos, en realidad".

"No te creo, este es sólo otro de vuestros trucos", espetó ella sacando una daga de su cinturón. "Lucharé con vosotros si es necesario, pero no os llevaréis los polluelos".

Los labios del elfo esbozaron una cruel sonrisa. "¿Estás segura de desear eso, jinete de dragón? Incluso con todas luchando al tiempo, no tenéis la menor esperanza de derrotarnos. Yo solo soy más fuerte que vosotras tres juntas".

"¡Eso no importa!", rugió Brínsop. "Gustosamente lucharé hasta la muerte para lograr mi venganza. Así que… a menos que quieras la sangre de un dragón en tus manos, devuélveme a mis polluelos".

Siguió una larga pausa. "Muy bien", concedió el elfo por fin. "No deseo luchar contigo, dragona". Alzando una de sus pálidas manos, musitó una única palabra, y la tierra tembló bajo sus pies. Con un fuerte crujido, el suelo se abrió frente a él, revelando una palpitante esfera gris semienterrada en la arena. El elfo tocó la superficie de la misma con un dedo, haciendo que se partiera por el medio como un melón. En su interior aparecieron los polluelos de Brínsop, chillando y revolviéndose frenéticamente. Los pequeños agitaban las alas desesperados, reclamando comida. Brínsop se lanzó sobre ellos y los colocó sobre el anverso de su ala, alejándolos de inmediato hasta una distancia segura.

Abayomi había permanecido inmóvil durante todo ese tiempo; parecía haberse quedado congelada. Finalmente, la anciana se dirigió al elfo. "Tu rostro me resulta muy familiar, huldufolk... Pero estoy segura de que nunca nos hemos visto".

La gélida sonrisa del elfo se amplió. "¿No me reconoces, niña?"

Abayomi vaciló, mirando fijamente el rostro del inmortal; su agudo mentón, su expresión pétrea y su perlada piel le parecían muy familiares, y al mismo tiempo extraños. Los segundos corrieron, y luego, repentinamente, llegó el entendimiento. Sus ojos se abrieron intensamente, con expresión horrorizada. "No... ¡no! ¡No puede ser!"

El gesto del elfo se endureció aún más, hasta que pareció que todo su rostro estaba esculpido en piedra. "Saludos... *nieta*".

Acuerdos dolorosos

El labio inferior de Abayomi temblaba. "¿Eres... mi abuelo?"

"Sí. Bueno, para ser preciso, tu bisabuelo. Me llamo Daakul, príncipe heredero de Brighthollow".

Sela se interpuso entre ellos. "No tenemos motivo para luchar contigo, Daakul. Nuestro conflicto es con Fëanor y Blacktooth, son ellos quienes nos han afrentado".

El elfo frunció el ceño ligeramente, recorriendo con indiferencia el cuerpo de la jinete, desde sus deshilachadas ropas a su indómito pelo. Ella alzó el mentón, logrando dar una imagen de dignidad pese a su desaliñado aspecto. Los ojos de Daakul se detuvieron bajo su garganta, donde la piedra de dragón reposaba contra su piel.

"Ah, eres uno de los jinetes de dragón. La mujer humana".

Sela se envaró, desconfiada. "Sí... ella soy".

La expresión del elfo se suavizó inesperadamente. "Mi madre, la Reina Xiilthara, te tiene en cierta estima. Debe tener sus motivos, así que es una lástima que nos conozcamos en estas desagradables circunstancias".

Se produjo un incómodo silencio.

Fue Sela quien lo rompió finalmente. "Di lo que tengas que decir".

"La situación era bastante urgente, así que Xiilthara me pidió que interviniera en persona. Llegados a este punto, propongo negociar diplomáticamente, estoy seguro de que podemos encontrar una solución válida para nuestros dos pueblos".

Sela frunció el ceño. "Pensé que los elfos estaban decididos a robar estas crías para llevárselas a Brighthollow. No hay mucho margen para la negociación en eso, no vamos a permitirlo".

Daakul sonrió, alzando una mano. "Vamos, todo esto es un gran malentendido. Los elfos no desean una guerra con los dragones, o con ninguna criatura del continente. Nosotros sólo deseamos ayudar".

"¿Ha cambiado Xiilthara de opinión tan rápido?", repuso Sela. "¿Cómo sabemos que los elfos no volverán a intentar esto?"

"Este asunto es… complicado. Puedo asegurarte que la Reina Xiilthara no le dio permiso a Fëanor para hacer esto".

Fëanor alzó súbitamente la cabeza. "¿Qué? ¡Pero si sólo hice lo que ella…!"

"¡Silencio, idiota!", bramó Daakul, cortándolo de golpe. Sus pálidas cejas se unieron en un gesto de disgusto, y Fëanor se quedó callado, mirando hacia el suelo.

Daakul reanudó la conversación. "Como decía antes de ser tan bruscamente interrumpido, nuestra Reina no aprueba este acto temerario, por supuesto. No obstante, pensamos que las intenciones de Fëanor eran nobles y que estos polluelos estarían mucho más seguros en Brighthollow".

Sela se mordió el labio. *"Uno de los dos miente"*, resonó la voz de Brínsop en su mente.

"Lo sé", respondió telepáticamente. Deseaba que su corazón no estuviera palpitando con tanta fuerza, tenía la sensación de que cualquiera podía oírlo.

Daakul añadió: "Tengo una humilde propuesta para que la consideréis. ¿Puedo formularla?" El rostro del elfo era impenetrable, y resultaba imposible adivinar sus intenciones.

"¿Qué propones?", preguntó Sela, inquieta.

"Considera esto", pidió él melosamente. "Tanto tú como yo queremos lo mejor para los dragones. Jamás estarán completamente seguros en tierras mortales. Adoptemos una solución intermedia: dejad que nos llevemos a la mitad de los polluelos, y el resto puede quedarse para ser criados en el desierto".

"*¡Soy yo quién decido dónde deben crecer! Los inmortales no tiene derecho a decidir estos asuntos. Nadie se llevará mis polluelos sin mi permiso*", espetó Brínsop, adelantándose hacia él. Sus aterrorizados cachorros quedaron tras ella, acurrucados.

"No es mi intención ofenderte, amiga dragona", dijo Daakul mirando a Brínsop intensamente. Hablaba a la perfección su lenguaje. "Reflexiona un momento, esta sería la mejor solución para todos", añadió enfáticamente. Su disgusto era evidente.

En ese momento intervino Blacktooth. "*Brínsop, piensa en lo que te ofrecen los elfos, por favor. Estos polluelos son descendientes míos tanto como tuyos, y merecen ser criados en un lugar seguro*".

"*¡Guarda silencio!*", le advirtió Brínsop. "*¡No reveles nuestros secretos!*"

"*¡Es demasiado tarde para estar con discreciones!*", exclamó él. "*¡Hay verdades que deben ser reveladas!*"

"*¡¿Cómo te atreves?!*", rugió la dragona. "*¿Este es el modo en que ayudas a nuestra descendencia? ¿Rompiendo nuestras leyes sagradas y permitiendo a estos inmortales robarme a mis crías? ¡Sabes que la profanación de un nido es una ofensa imperdonable!*"

"*No te pongas tan furiosa, y no maldigas a los elfos así*", protestó él. "*Les importamos y se preocupan por nosotros, no buscan destruirnos como hacen los humanos*".

"*No entiendes nada. Dices que los elfos quieren ayudarnos, ¿pero por qué ahora? ¿Dónde estaban cuando los cazadragones atacaron a mis crías en el desierto?*

Durante la guerra podrían haber venido en nuestra ayuda, pero no lo hicieron. Soy la única superviviente de la manada del Norte... hubo un tiempo en que éramos cientos".

Blacktooth dio un paso hacia ella. *"No puedes culpar a los elfos por eso, todas las masacres que destruyeron a los dragones fueron causadas por mortales".*

"Y también fueron los únicos que nos defendieron. Miles de ellos dieron sus vidas por salvarnos, mientras los elfos no arriesgaban nada. Nunca intervinieron, estaban demasiado ocupados preocupándose en ellos mismos como para molestarse a ir al auxilio de los 'inferiores' mortales. Todos los jinetes de dragón le rogaron ayuda a vuestra reina, pero fueron ignorados".

La voz de Blacktooth se llenó de reproche. *"Eso no es cierto. Fëanor tiene razón: tu mente está envenenada por tu vínculo con una mortal".*

"Eres un necio, ¡peor que un necio!", gritó ella. *"¿Cómo puedes ignorar el hecho de que los elfos observaron indiferentes cómo moríamos?"*

"Los elfos me salvaron a mí y a otros dragones. Puede que nos salven a todos".

"¿Defiendes su conducta?", dijo Brínsop iracunda, yendo y viniendo por la arena. *"¿Te pones del lado de inmortales que roban a mis hijos? Eres un conspirador y un traidor, y ahora veo tu auténtica naturaleza".*

Blacktooth miró con desdén a su antigua compañera. *"Me lanzas acusaciones absurdas, pero no soy un traidor ni un ladrón. Nuestros cachorros estarían infinitamente más seguros en Brighthollow, pero en lugar de eso prefieres criarlos aquí, rodeados de escoria mortal. ¿Por qué correr tal riesgo? Quizá una vez hayan matado a alguno de ellos entiendas las consecuencias de tu absurda decisión".*

Brínsop gritó de furia y se lanzó hacia él, con las garras extendidas como dagas. La rapidez del ataque pilló por sorpresa a Blacktooth, y la dragona le clavó sus agudos dientes en el cuello. El macho aulló de dolor, lanzando un torrente de fuego hacia el cielo. Revolviéndose, logró zafarse de Brínsop, que cayó al suelo con un fuerte golpe.

"*¡Deja de atacarme!*", gritó el dragón negro.

"*¡No pienso parar!*", chilló ella, sacando las garras de nuevo. "*¡Eres una vergüenza! ¡Una vergüenza para todos los dragones!*"

Aunque Blacktooth tenía mayor tamaño, Brínsop era más rápida y experimentada. Él extendió sus alas para volar, pero Brínsop dio un salto, y asiéndolo con sus garras lo hizo bajar antes de que pudiera escapar.

La dragona bufaba, furiosa. "*Vives escondido en las tierras elfas, blando y débil como una oveja. Ni siquiera eres capaz de defenderte*".

Fëanor se acercó para detener la lucha, pero Daakul lo retuvo. "Déjales", ordenó. "No interfieras, es una pelea de pareja, y tienen que resolver sus diferencias ellos mismos".

Sela observaba la lucha con preocupación, pero también sabía que no debía intervenir. Brínsop debía acabar aquello ella misma, esa era la costumbre de su especie.

Ambos dragones se movieron en círculos cautelosamente, lanzándose ocasionales dentelladas con sus poderosas mandíbulas. Ninguno de ellos cedía ni un paso. Repentinamente, Blacktooth se giró y lanzó un potente coletazo, clavando sus agudas espinas en la espalda de Brínsop, que cayó hacia atrás dando un grito. Las enormes y oscuras alas de Blacktooth se extendieron, cubriéndola completamente con su sombra. El macho trató de atraparla con sus patas traseras, pero Brínsop rodó hacia un lado y se alejó de un salto.

El dragón no se dio por vencido y lanzó un zarpazo, tratando de alcanzar la sensible piel de las alas de Brínsop, pero ella lo esquivó, y logró atrapar la cola de Blacktooth entre sus dientes. Él rugió de dolor y asestó una patada en el estómago a Brínsop, que salió trastabillada hacia atrás, soltando la cola del macho. Una oscura sangre empezó a brotar de las heridas del dragón, dejando en el suelo un rastro de gotas que reflejaban la luz de la luna como oscuros rubíes.

Pese a todo, Blacktooth no cejó, y cargó contra Brínsop de nuevo, logrando derribarla y atraparla bajo su cuerpo. Ella rugió tratando de zafarse, pero Blacktooth era demasiado pesado, y entendió que era inútil. Por un momento pareció que la lucha había terminado, pero Brínsop abrió las fauces y lanzó una columna de ardiente fuego al rostro del dragón. Aunque las llamas no podían herirle, le sorprendieron lo suficiente para aflojar su presa.

Brínsop aprovechó la ocasión y volvió a lanzarle un zarpazo al rostro. Una afilada garra desgarró el ojo izquierdo de Blacktooth, sacándolo parcialmente de su órbita. Él rugió violentamente y cayó hacia atrás; Brínsop aprovechó para ponerse sobre él, volviendo a morderle la garganta. Al dragón le costaba trabajo respirar, y empezó a quedarse sin fuerzas.

Brínsop siguió lanzando dentelladas, arrancando carne y escamas del cuerpo de su oponente, que aullaba de dolor. Con sus últimas fuerzas, giró sobre sí mismo en un desesperado intento por escapar, pero Brínsop se dio cuenta y le atrapó el cuello con las piernas, sujetándolo firmemente. Él trató de arrastrarse, pero era inútil; estaba fijado contra el suelo. Tras estremecerse, su cuerpo quedó inmóvil.

"¡Basta ya, detened esta lucha!", gritó Fëanor corriendo hacia ellos. Agarrando un ala de Brínsop, tiró fuertemente de ella hasta que ésta se alzó y soltó a su enemigo. La dragona respiraba con dificultad, pero sus ojos estaban brillantes y alerta. Aunque parecía muy fatigada, apenas había sufrido daños.

No se podía decir lo mismo de Blacktooth. Una negra mancha cubría el suelo bajo su cuerpo, cubierto casi por completo de cortes y heridas. El ojo izquierdo le colgaba lánguidamente del rostro.

Fëanor cayó de rodillas y empezó a tratar las heridas de su compañero. Sosteniéndole la cabeza, devolvió el ojo a su órbita mientras susurraba frenéticamente hechizos de curación. Estos fueron sanando la magullada y desgarrada piel del dragón, que minutos después estaba en pie, parpadeando y tratando de recuperarse de su dolor y del estupor provocado por los hechizos curativos.

Brínsop lo confrontó, alzando la barbilla desafiante. *"Soy la vencedora. Como dragona de mayor rango del desierto, me corresponde decidir tu castigo. Por el grave crimen de profanación de un nido, quedas exiliado para siempre de las Arenas de la Muerte. No hay posibilidad de apelación"*.

Fëanor parecía atónito, pero Blacktooth no discutió, era como si ya esperara aquello. Simplemente inclinó la cabeza y se alejó. Los demás se quedaron inmóviles.

Tras unos segundos, Sela habló. "Parece que estamos en un impasse".

"Eso parece", dijo Daakul.

Brínsop tomó la palabra. *"Puedo acceder a un acuerdo, si es justo para las dos partes"*.

Daakul pareció sorprendido un momento, pero pronto recuperó la compostura. "¿Qué propones?"

La dragona contempló unos instantes el cielo nocturno antes de hablar. *"Estos polluelos son mi preciosa descendencia, y daría mi vida para protegerlos. No puedes imaginar los horrores que soporté durante la guerra, cuando todas mis crías fueron masacradas por los cazadragones. Nada deseo más que su seguridad".*

El príncipe elfo asintió. "Entiendo. Mi pueblo puede ofrecerte esa seguridad. Te aseguro que bajo nuestra protección tus polluelos siempre estarán a salvo".

Brínsop se volvió hacia donde estaba Blacktooth, pero se negó a mirarlo. En lugar de ello, miró impasible hacia la lejanía. *"Te daré una cría, solamente una. Hay un único dragón macho en mi nidada, y es ónice, como tú. Es correcto que estéis juntos, pues eres su padre. Puedes llevarlo a Brighthollow, si lo deseas. A cambio, los elfos deberán hacerme un favor".*

Daakul parecía sorprendido, pero respondió. "¿Cuál es el favor que pides, dragona? Si está en mi poder, sin duda alguna te lo concederé".

Brínsop señaló con la cabeza a Sela. *"Cura a mi jinete. Borra sus cicatrices y sana su ojo ciego. Sé que los elfos tenéis el poder para hacerlo. Los sanadores humanos hicieron todo lo que pudieron, pero sé que vuestros poderes son mucho mayores".*

Sela sintió su corazón detenerse, y fijó sus incrédulos ojos en los de la dragona. "Oh, Brínsop… no tienes por qué hacer esto".

Brínsop continuó, como si no la hubiera oído. *"¡Cúrala! Sé que puedes hacerlo. Cúrala y te permitiré llevar uno de mis polluelos a la tierra de los elfos, más allá de las nieblas del reino mortal".*

Sela estaba visiblemente alterada. "¿Por qué, Brínsop?"

"Es lo mínimo que te debo. Nunca podré olvidar lo mucho que has hecho por mí y por la estirpe de los dragones. Cómo nos protegiste durante la guerra, arriesgando tu vida una y otra vez cuando parecía no existir ninguna esperanza. Te ruego que no rechaces mi gesto. No es suficiente, pero es algo".

La jinete empezó a protestar de nuevo, pero Brínsop negó firmemente con la cabeza. *"Esta es mi decisión, Sela".* Dos lágrimas cayeron por las mejillas de la humana.

"Accedo a este acuerdo", dijo Daakul. "Soy el sanador más fuerte de Brighthollow, aparte de mi madre, la Reina. Puedo restañar todos tus daños y borrar tus cicatrices, pero será doloroso. Las heridas no son frescas, y están fijadas en tu piel. Será necesario arrancarlas".

"Comprendo", dijo ella quedamente, aún embargada por la emoción.

"Será mejor que te tiendas".

Sela asintió y se tumbó boca arriba sobre la arena. El elfo se acercó más, y agachándose le puso la palma de la mano sobre el pecho. Tenía la piel extrañamente fría, como la de una serpiente. Daakul empezó a entonar un lento cántico. Al principio Sela no sintió nada, pero al poco unas oleadas de calor empezaron a atravesar su cuerpo, acompañadas de un agudo e intenso dolor. Sela dio un respingo y trató de incorporarse, pero el elfo la detuvo agarrándole un hombro. "Mantente tumbada y respira lentamente. Aunque el dolor aumente, resiste. No durará mucho".

Ella asintió, volvió a tenderse y Daakul reanudó el hechizo. Inmediatamente, el cuerpo de la jinete empezó a temblar, y una tormenta de agónico dolor bañó todo su ser, difuminando todo lo demás. Su piel latía y ondeaba bajo las manos del elfo, y su frente quedó totalmente empapada en sudor. Aunque estaba abrumada y rígida por el dolor, no trató de incorporarse de nuevo. Daakul continuó su cántico, y las cicatrices de la jinete empezaron a hacerse más claras y superficiales. Poco después habían desaparecido completamente.

Transcurrieron unos agónicos segundos más, y Daakul se puso en pie, dejando a Sela semiinconsciente en el suelo. "He terminado", dijo él en tono indiferente.

Abayomi corrió hacia Sela y le tocó una mano. "¡Sela! ¿Puedes oírme?"

Al principio la jinete no se movía, pero al poco inspiró fuerte y repentinamente. Tenía un hilillo de sangre corriéndole por la comisura de la boca.

"¿Te encuentras bien?", preguntó la hechicera. Sela asintió con la cabeza, pero sus ojos decían otra cosa. Tenía sangre en el pecho, y estaba gimiendo de dolor.

"Se encontrará bien enseguida, no hay necesidad de alterarse", dijo Daakul.

Sela se observó las manos y los pies. Tenía la piel irritada y rosada como la lengua de un ternero. "Me duele toda la piel, como si me hubiera quemado el sol", dijo.

"Es normal. La incomodidad desaparecerá en unos días. Podría haberte curado fácilmente sin ningún dolor, pero los mortales sois patéticamente frágiles, nunca estoy seguro de cuánto podéis aguantar. Disminuir el dolor habría sido arriesgado, y no quería matarte accidentalmente".

"Gracias, supongo…", dijo ella, y a continuación se tapó el ojo derecho con la mano. "¡Puedo ver!", exclamó. "¡Veo con los dos ojos!" Tras constatar la buena noticia, se puso en pie trabajosamente. Pese al dolor, se sentía bien.

"Bien, he cumplido mi parte del trato", dijo Daakul enfáticamente. "Es vuestro turno". Brínsop suspiró lentamente, como si respirar le causara dolor. *"Dame un momento"*, dijo. Recogiendo cuidadosamente a uno de sus polluelos con las patas delanteras, lo apretó fuertemente contra su pecho, envolviendo a la pequeña criatura con sus alas y acariciándola con el morro una última vez. El dragoncito extendió las alas y pió como un pájaro. Brínsop se acercó hasta Blacktooth y depositó al polluelo de color hollín a sus pies. *"Le he llamado Kaval. Te lo confío a ti y a los elfos de Brighthollow. Cuídalo y edúcalo bien"*.

Él inclinó la cabeza. *"Juro protegerlo con mi vida"*.

Brínsop se giró, dándole la espalda. *"Esta es la última vez que hablaremos. Tú y yo fuimos más que amigos; ahora eres mi enemigo, y yo tu enemiga. Vete y no regreses jamás. Si tú o tu jinete volvéis a poner un pie sobre el desierto, no volveré a perdonarte la vida"*.

Blacktooth trató de responder, pero las palabras se ahogaron en su garganta. Recogiendo al cachorro, se dio la vuelta con expresión abatida. Fëanor envolvió al precioso polluelo con su capa y montó en la silla del dragón, listo para marcharse.

Después de vacilar un instante, Daakul se acercó a Abayomi. El príncipe elfo la observó fijamente. "Tu rostro me recuerda mucho al de mi amada. Era una hermosa mujer".

Abayomi lo miró con aprensión.

"¿Acaso te doy miedo, niña?", preguntó él.

"S-sí… me lo das", balbució la maga. "Conozco la historia de tu amor… y las terribles cosas que le siguieron".

Daakul abandonó su altiva pose, y sus ojos se llenaron de dolor. "Fue tu bisabuela quien rechazó mi mano, hace ya tanto tiempo. He tratado desesperadamente de olvidarla, pero no soy capaz. Aunque han pasado cientos de años, aún recuerdo cada detalle de su rostro, cada matiz de su belleza".

Abayomi tragó saliva con fuerza. "Percibo un enorme pesar en ti. Sientes gran infelicidad, pese a tu venganza y al tiempo transcurrido".

Daakul siguió, como si ella no hubiera dicho nada; su voz era poco más que un susurro. "Mis recuerdos de ella están fuertemente anclados en mi interior, como pilares inamovibles en mi corazón. Temo que jamás me vea libre de ella, que su sombra me perseguirá siempre".

A Abayomi se le cortó la respiración. Estaba abrumada por aquel encuentro irreal con su legendario pariente y por aquella confesión, tan rara en un elfo.

"El dolor de aquel rechazo nunca me ha dejado… y creo que nunca lo hará. Incluso si vivo para ver el fin del mundo, es algo que jamás dejará mi mente". Tras esas palabras, su expresión de ira desapareció en tan sólo un instante. Su rostro volvió a ser inescrutable.

El elfo suspiró y miró a la lejanía. La primera luz de la mañana asomaba por el horizonte, tiñendo el cielo con tonos dorados. "Los penosos recuerdos parecen haberme hecho olvidar la belleza salvaje de este lugar", dijo por fin. "Esta tierra es como una bestia salvaje, dura e indómita, pero bella a su propio modo.

"Quizá he estado lejos demasiado tiempo", dijo mirando de nuevo a Abayomi. "Regresaré… más a menudo. Adiós, nieta. Estoy seguro de que volveremos a vernos". Tras esas palabras, subió a lomos de Blacktooth, sentándose detrás de Fëanor. El dragón se elevó en el aire, y los elfos se marcharon sin una palabra más.

Sela los observó alejarse. "Daakul está consumido por la amargura", dijo. "Es evidente en el tono de su voz, en cada mirada, en cada movimiento que hace".

"Sí", respondió Abayomi. "Aún desea venganza, incluso cuando todos los que le ofendieron murieron hace mucho. Está roto por dentro, y su corazón es un frasco de veneno que lleva consigo a dondequiera que vaya. En algún momento se romperá, y el veneno se esparcirá en su interior, destruyéndolo".

"¡Vamos, dejemos ya las conversaciones tristes!", exclamó Brínsop, que se había recuperado, al menos aparentemente, de la separación de su cría. El resto de sus cachorros gimoteaban y se retorcían impacientes a sus pies, reclamando atención y algo de comer. *"Pese a todo lo ocurrido, hemos salido victoriosas. Sela está curada y he recuperado a mis polluelos. Amanece un nuevo día, y debo alimentar a mi nidada"*.

"Tienes razón, pensemos en cosas más felices", dijo Sela, rodeando a la dragona con sus brazos y abrazándola fuertemente. En ese momento Salteador anunció su presencia al grupo, descendiendo desde lo alto con un chillido y posándose en el brazo de Sela.

"Creo que dedicaremos la mañana a cazar", dijo la jinete con una sonrisa. "Y traiga lo que traiga el futuro, lo afrontaremos juntas, te lo prometo".

"Sí, juntas. Lo afrontaremos todo juntas".

-Fin.

Sobre la Autora

Kristian Alva nació en una familia de escritores y maestros. Trabajó un tiempo como redactora y autora en la sombra antes de publicar sus propios manuscritos. Ahora se dedica a tiempo completo al género de la fantasía para jóvenes adultos.

Cuando no escribe, disfruta leyendo obras de todos los géneros, especialmente fantasía heroica. Puedes conocer más sobre la autora en su página web oficial: *www.KristianAlva.com.*